Gustav Woldemar Focke

Physiologische Studien

AF130526

Anatiposi

Gustav Woldemar Focke

Physiologische Studien

Unveränderter Nachdruck der Originalausgabe von 1847.

1. Auflage 2023 | ISBN: 978-3-38260-166-9

Anatiposi Verlag ist ein Imprint der Outlook Verlagsgesellschaft mbH.

Verlag: Outlook Verlag GmbH, Zeilweg 44, 60439 Frankfurt, Deutschland
Vertretungsberechtigt: E. Roepke, Zeilweg 44, 60439 Frankfurt, Deutschland
Druck: Books on Demand GmbH, In de Tarpen 42, 22848 Norderstedt, Deutschland

Physiologische Studien

von

Dr. Gustav Woldemar Focke.

A. Wirbellose Thiere.

Erstes Heft.

Mit drei Tafeln Abbildungen.

I. Polygastrische Infusorien.

Bremen,
Druck und Verlag von C. Schünemann.
1847.

Inhalt.

Einleitung.

Die Aufgabe der Physiologie, die Ermittelung aller Gesetze des organischen Lebens, deren vollständige Ergründung uns befähigen würde, jede Erscheinung desselben nach Ursache, Zusammenhang und Bedeutung zu würdigen und verstehen, mag noch lange ihrer vollständigen Lösung vergeblich harren, obgleich nach dem Ausspruche eines geachteten Lehrers bei der Bekanntschaft mit allen Thatsachen jene Gesetze sich ganz von selbst ergeben. Ohne Zweifel ist unsere Kenntniss der Thatsachen sehr lückenhaft und das nächste Bedürfniss, diese Lücken ausfüllen zu helfen, wird von jedem Schriftsteller in diesem Gebiete als Hauptaufgabe festgehalten werden müssen; in jetziger Zeit genügt jedoch das Sammeln vereinzelter Beobachtungen selbst in fernen Erdtheilen kaum zu einer Berechtigung als Schriftsteller im Fache der Physiologie hervorzutreten, und ist das Vergleichen des schon gesammelten Reichthums und die Ableitung jener sich von selbst ergebenden Gesetze, damit letztere das ungeheure Material in übersichtliche Reihen zu ordnen gestatten, vielleicht für die Fortbildung der Wissenschaft zunächst erspriesslicher, wie die Vermehrung desselben durch neue Entdeckungen von Arten und Geschlechtern beider organischen Reiche. Das vereinte Streben so vieler in verschiedenen Ländern thätiger Forscher hat in den letzten Decennien für diesen Zweck zwar Grosses geleistet, die Kenntnisse, die Instrumente und Untersuchungsmethoden sind erweitert und verfeinert, und doch genügt das Ergebniss all dieses Aufwandes von Scharfsinn, Mühe und Fleiss keineswegs, um auch nur die bescheidensten Ansprüche derjenigen zu befriedigen, welche nach jenen Gesetzen eine practische Anwendung im Leben selbst zu machen veranlasst werden. Manche Schwierigkeiten, deren Einfluss die Erforschung der Thatsachen erschwert oder unmöglich macht, liegen klar zu Tage. Die Mannigfaltigkeit der Naturkörper, ihre ungleichmässige Vertheilung über verschiedene Himmelsstriche, die Häufigkeit einiger gegen die Seltenheit anderer und die dadurch bedingte Unmöglichkeit, dieselben übersehen und überall sich jederzeit in genügender Zahl zur Untersuchung zu verschaffen, verhindern schon den vollständigen Ausbau des Gebäudes der Wissenschaft. Nicht minder findet die Untersuchung selbst bei den zugänglichen Organismen unübersteigliche Hindernisse vor; wie z. B. die geringe Grösse der Organismen oder gleichartiger Theilchen derselben, dunkele Färbung oder zu

1

grosse Durchsichtigkeit, Verschiedenheit der Entwickelung nach Clima und Jahreszeit, leichte Zersetzbarkeit oder zu langsame Entwickelung, äusserliche Gleichartigkeit in Form, Grösse und Farbe bei Organen oder Entwickelungszuständen von ganz verschiedener physiologischer Bedeutung, und vieles Aehnliche. Die Naturforscher dürfen aus diesem Grunde nicht darauf ausgehen, durch Untersuchung des nöthigen Materiales die bestimmte Antwort auf gewisse, beim Entwickelungsgange der Wissenschaft durch diese oder jene Phase in den Vordergrund gerückte Fragen mit Sicherheit finden zu wollen, sondern müssen sich mit dem Versuche begnügen, je nach dem günstigen Zusammentreffen zufälliger Umstände der Natur etwas mehr oder weniger von jener Antwort abzulauschen; aber auch darauf gefasst sein, selbst bei mit Geschick und Ausdauer wiederholten Versuchen neben Anwendung aller zeitgemässen Hülfsmittel in dieser Beziehung fast ganz leer auszugehen.

Im eigenen Interesse muss daher jeder Naturforscher, als Freund der Wissenschaft, das einzige Mittel, welches bei dieser Lage der Dinge wirkliche Hülfe verspricht, zu fördern suchen, und dazu kann nur die Vermehrung der Untersuchungen bis zu einem allgemein erreichbaren Grade von Genauigkeit von Nutzen sein, welche zugleich nothwendig eine Vermehrung der Zahl der Beobachter voraussetzt. In früheren Zeiten experimentirte jeder Naturforscher nach eigenem Ermessen bis zu einem gewissen Punkte, und es wurde oft dasselbe Problem auf sehr verschiedenem Wege gleichlautend gelöst; seit jedoch die wissenschaftlichen Resultate von einiger Bedeutung nicht mehr häufig gefunden werden, seitdem es sich oft herausgestellt, dass Täuschungen und Trugschlüsse bei sorgfältiger und vielseitiger Prüfung zu vermeiden gewesen, befleissigen die Beobachter sich mehr einer bestimmten Untersuchungsmethode, welche, so weit es möglich ist, vor Fehlgriffen zu sichern verspricht. Diese Methode muss zwar einem jeden Gegenstande angepasst werden und erfordert eine Art von Individualisiren: in sehr vielen Punkten jedoch wird eine physiologische Untersuchung immer gleichartig bleiben, oder doch nur geringe Abweichungen nöthig machen. Die Kenntniss aller Möglichkeiten, nach welchen die Untersuchungsmethoden variirt werden können, befähigt daher erst den Beobachter im concreten Falle die rationellste Form derselben anzuwenden; der Beobachter selbst befindet sich in einem steten Entwickelungsgange, während dessen seine Erfahrung und Kenntnisse, technische Fertigkeit und Uebung der Sinne etc. sich vermehren und verschiedene Versuche und Schlussfolgerungen gestatten; und endlich kann es von grosser Bedeutung sein, ob sich der fragliche Naturkörper zum ersten Male der Untersuchung darbietet, ob der Beobachter ganz allein steht, oder frühere und gleichzeitige Arbeiten Anderer zu gegenseitiger Belehrung und eine Art von Wetteifer Veranlassung geben.

Nicht wenige Faktoren sind demnach bei der Entscheidung über die Qualität des Ergebnisses wissenschaftlicher Forschungen in Rechnung zu bringen, und es würde eine möglichst genaue Uebersicht derselben für physiologische Untersuchungen als erfreulicher Zuwachs der wissenschaftlichen Hülfsmittel anzusehen sein. Leider ist diese Aufgabe noch durch unendliche Schwierigkeiten umthürmt, welche erst beim Versuche selbst in deutlicheren Umrissen hervortreten können, dann aber auch den beherztesten Forscher leicht für immer abschrecken möchten. Es lassen sich leicht eine Menge von Anforderungen für sorgfältige Untersuchungen aufzählen; Niemand wird jedoch als Ergebniss eine völlig sichere Beschreibung von Form, Grösse, Farbe etc., eine erschöpfende Nachweisung der chemischen Zusammensetzung etc. etc. — kurz das Resultat einer als Ideal aufzustellenden Untersuchung verlangen: ebensowenig darf man aber auch in Befolgung der besten Anleitungen irgend Sicherheit dafür finden wollen, dass man nur Unwichtiges übersehen, nur in Nebendingen getäuscht werden kann. — Hier giebt es somit, weder beim Beginn noch am Abschlusse einer Beobachtungsreihe, sichere Normen, welche für das Ermittelte als Maassstab gelten können; jede einzelne Beobachtung und jeder Forscher für sich treten in eine Beziehung, die rein individuell bleiben kann, und in welche Niemand vollkommen Einsicht gewinnen wird. Nur die immer sich gleiche Natur liefert hier den Maassstab, und erst wenn verschiedene von einander unabhängige Beobachter durch abweichende Untersuchungsmethoden immer wieder dasselbe Resultat gefunden haben, darf dasselbe als sicheres und dauerndes Eigenthum der Wissenschaft angesehen werden. — Darum: mehr Untersuchungen! mehr Beobachter!

Wird durch Beides eine gleichmässigere Bearbeitung aller Abtheilungen der organischen Reiche nothwendiger Weise ins Leben gerufen, so ist nur zu bedauern, dass eine grosse individuelle Verschiedenheit der Beobachter bleiben wird, und nur in einer möglichsten Verfeinerung der Untersuchungsmethode und der Veröffentlichung genauer Vorschriften, wie alle wichtigeren physiologischen Beobachtungen mit Erfolg anzustellen sind, wird das Ausgleichungsmittel für diesen Uebelstand zu suchen sein. In dieser letzteren Beziehung kann es der Wissenschaft nützen, wenn auch solche Versuche zur allgemeinen Kenntniss gelangen, welche, trotz möglichster Erschöpfung aller Hülfsmittel, nicht zu genügendem Resultate geführt haben, und in dieser Hinsicht wagt der Verfasser überhaupt die Veröffentlichung „Physiologischer Studien": die zahlreichen Nebenzwecke, welche bei derselben ohne Nachtheil verfolgt werden können, möchten jedoch zusammen genommen vielleicht jenen ersten überwiegen, und bedürfen daher noch einer kurzen Andeutung.

Bleibt auch die Behauptung unangefochten, dass nicht nur die Ergebnisse der Untersuchungen, sondern auch solche Versuche mit weniger bekannten Naturkörpern, welche kein genügendes Resultat geliefert haben, lehrreich sein können, so würde doch schwerlich die Veröffentlichung einer Reihe missglückter Streifzüge über die Grenzen des wissenschaftlichen Gebietes dadurch gerechtfertigt erscheinen. Der Verfasser will daher, an die natürlichen Abtheilungen der organischen Wesen sich lehnend, das Ergebniss der bisherigen Forschungen mit der Natur vergleichen, so weit es möglich ist das Bekannte bestätigen, verbessern und ergänzen, dann aber auch die wichtigsten Fragen, welche noch vergebens ihrer Lösung harren, aufwerfen und die Gründe entwickeln, welche ihre Beantwortung unmöglich machen, die Versuche beschreiben, welche kein Resultat geliefert haben.

So werden die physiologischen Studien zunächst ein Bild des augenblicklichen Standpunktes der Wissenschaft in den bearbeiteten Abtheilungen geben, durch die Vergleichung mit der Natur eine Kritik der bisherigen Leistungen möglich machen, und dieselben zu verbessern suchen; ferner, da jede wahre Physiologie eine vergleichende ist, durch Untersuchung aller zugänglichen verwandten Geschlechter und Arten das Material zu Monographieen über einzelne Familien sammeln, deren gründliche Bearbeitung nicht ohne Einfluss auf die Systematik überhaupt bleiben kann; sodann durch Zusammenstellung der beobachteten Lebenserscheinungen, der Individualität, Missbildungen, Fortpflanzungs-Arten, Entwickelungsgeschichte und Absterben auf die Lücken in der bisherigen Beobachtung aufmerksam machen und zu deren Ergänzung auffordern; und endlich bei einer Betrachtung des noch Unerklärten oder Räthselhaften die Gründe anzugeben suchen, warum die Forschung hier weiter einzudringen nicht vermag, in der Hoffnung, dass der bestimmte Ausspruch: „das wissen wir noch nicht und darum ist es nicht zu ergründen," andere Beobachter um so mehr anregen wird, auf die Lösung dieser Fragen hinzuarbeiten. — Dass eine so durchgeführte Arbeit von wesentlichem Nutzen für die Wissenschaft sein müsste und doch obigen Titel rechtfertigen würde, liegt klar am Tage; wie aber die Durchführung gelingen wird ist die schwierigere Frage von allen. — Oft wird es unmöglich bleiben dem Systeme selbst in den grösseren Abtheilungen zu folgen, da alle Organismen über verschiedene Erdtheile und meistens sehr ungleichmässig vertheilt sind, ohne dass Gattung und Art überall ihre Repräsentanten finden liessen; die Gegensätze von Land und Meer, von Thal und Berg, von Wald und Ebene, die geologischen Verschiedenheiten etc. entziehen selbst in der gemässigten Zone Vieles der Untersuchung zu einer Jahreszeit, wo langsamere Entwickelung, besondere Fortpflanzungsarten und die minder rasche Zersetzbarkeit der organischen Materie Versuche und Beobachtungen vorzugsweise begünstigen könnten. Aber auch bei zugänglichen Organismen lässt sich die Untersuchung nicht immer zu einem gewissen Abschlusse bringen, weil das Material oder die Hülfsmittel, welche darauf Anwendung finden, nicht ausreichen. Geringe Dimensionen, Durchsichtigkeit, Zartheit einzelner Theile und äusserst langsame Veränderungen in Grösse, Form und Farbe, ermüden nicht selten auch den angestrengtesten Fleiss und die eiserne Ausdauer erfolglos; kleinere Gegenstände lassen sich in dem Augenblicke, wo sie zu einer vergleichenden Beobachtung dienen sollen, oft gar nicht auftreiben, oder sind zu beweglich, um eine sorgfältige Prüfung zu gestatten, zu zart, um auch den leisesten Druck zu ertragen etc. etc. Genug, da solche Schwierigkeiten sich in allen Klassen des Systemes wiederholen, so müssen überall empfindliche Lücken bleiben, für deren Ausfüllung in nächster Zeit durchaus keine Sicherheit geboten werden kann, und man wird dadurch in die Alternative versetzt, entweder vereinzelte Abhandlungen über diejenigen Organismen zu veröffentlichen, deren Bau sich am weitesten hat verfolgen lassen, oder solche „Studien" wie hier beabsichtigt werden. Im Interesse der Wissenschaft wird gewiss Jeder letzteren den Vorzug geben müssen.

Werden somit einerseits auch Versuchsreihen, ganz abgesehen von den Ergebnissen derselben, durch Einfluss auf die Methoden der Untersuchung von Nutzen sein, so liegt andererseits in der Schwierigkeit des Gegenstandes genügender Grund um etwas Vollständiges und Vollendetes nicht verwirklichen zu können und auch ein Hervortreten mit „Studien" zu rechtfertigen, welche planmässig die bekannten Untersuchungsmethoden und Hülfsmittel auf die Reihenfolge der organischen Wesen anzuwenden suchen. ——

Der wichtigste und nie fehlende Vorgang des organischen Lebens ist der Stoffwechsel, welcher nicht nur überall in Pflanzen und Thieren zur Erhaltung desselben nothwendig ist, sondern auch in jedem einzelnen Organe und Apparate, deren harmonisches Zusammenwirken das gesunde Leben bedingt, in steter Thätigkeit bleibt. Letztere vermitteln den Stoffwechsel jedoch nur indirekt, dessen eigentlicher Sitz bei grösseren Thieren meistens jene Verflechtung von Nerven, Blut- und Lymphgefässen mit dem Zellgewebe ist, welche unter der Bezeichnung „Parenchym" aufgeführt wird, bei manchen anderen Thieren jedoch nicht selten durch eine scheinbar structurlose Masse ersetzt zu sein pflegt. In diesem Verhalten liegt ein grosses physiologisches Räthsel, dessen Lösung durch direkte Versuche bisher unmöglich gewesen ist und erst durch geschickte Combinationen vielleicht zu erforschen sein möchte. Da Leben und Stoffwechsel in allen Fällen gleichzeitig vorhanden sind, sämmtliche Apparate und Organe des Lebens aber in Form und Bedeutung so mannigfach wechseln, so entsteht die Frage ob das Leben in abstractem Sinne an letztere gebunden sei, oder ob es, wie der Stoffwechsel, im Parenchyme seinen Sitz habe und die elementaren — die in gleichartigen Organen desselben und verschiedenartiger Organismen gleichartig gebildeten, zuerst Elementar - Organe genannten — Bestandtheile desselben, seine eigentlichen Träger sind.

Bei den Vegetabilien liegt es klar vor Augen, dass wie in jedem Pflanzentheile die denselben bildenden Zellen, so auch bei niederen cryptogamischen Gewächsen nicht selten eine einzige, oder wenige oft lose zusammenhängende Zellen, das ganze Individuum bildend, die Lebensthätigkeit vermitteln. Die Untersuchungen der neueren Zeit scheinen auch bei den Thieren immer bestimmter darauf hinzuweisen, dass jedes Organ, früh genug untersucht, als aus Zellen gebildet erkannt werde, welche durch noch unbekannte Verwandelungen sich zu den späteren Elementar - Organen umbilden, und es bleibt die Möglichkeit gegeben, dass aus einer Zelle bestehende Thiere vorkommen, wie solche wirklich schon gefunden sein sollen, deren einzige Zelle dann sämmtlichen Funktionen, als der Ernährung, des Athmungsprocesses, des Kreislaufs, der Empfindung, der Fortpflanzung etc. vorzustehen hätte.

Auch die Bildung jeder primitiven Ei - Zelle redet jener Möglichkeit das Wort, und wie sich bei der Entwickelung einzelne Zellen zu bestimmten Gruppen ausbilden, denen verschiedene Organe ihre Entstehung verdanken, so lassen sich auch die Verrichtungen dieser Organe als besondere Modificationen des Lebens selbst ansehen; denn zugegeben, dass der Stoffwechsel durch die einzelnen Zellen direkt vermittelt wird, so ist ja jede physiologische Funktion nur ein in Qualität modificirter Stoffwechsel, den ein gewisser Zellen-Complex zu Wege bringt; nur bei den durch Nerven vermittelten Thätigkeiten ist der Wechsel eines, mindestens für unsere leiblichen Sinne nachweisbaren, Stoffes bis jetzt nicht darzuthun gewesen. Sowohl für die Lehre von der Gestaltung der Pflanzen und Thiere und ihrer Organe, die Morphologie, als auch für die Lehre von der Bildung der Zellen und ihrer Umwandelung zu Geweben etc., die Histiologie, bleibt diese Frage von der höchsten Wichtigkeit, und der geeignetste Weg, um Aufklärung darüber zu erlangen, wird die Untersuchung solcher Organismen sein, bei denen in kleinerem Maassstabe der einfachste Bau sich zeigt, weil eben die grössere Complication der Organe und Apparate und das Wechselverhältniss der verschiedenen Functionen die Beurtheilung der Lebenserscheinungen bei höher entwickelten Thieren so ungemein erschwert.

Es gilt demnach diejenigen Thierformen zunächst der Reihe nach zu prüfen, welche bis jetzt einen minder complicirten Bau haben erkennen oder vermuthen lassen, oder, wie auch in allen neueren

Lehrbüchern geschieht, mit den Infusorien zu beginnen und durch die verschiedenen Abtheilungen der wirbellosen Thiere bis zu den Gliederthieren und Fischen zu dringen. Hier müssen der bereits erkannte Bau und die Beschaffenheit der Gewebe mit den bei den unteren Thierklassen gefundenen physiologischen Gesetzen in vollstem Einklange stehen, oder die Beobachtung zeigt noch so wesentliche Lücken, die nur durch allmählige Bearbeitung vieler Forscher ausgefüllt werden können, und jenen Widerspruch genügend erklären, — oder die Erforschung des Lebensprincips liegt überhaupt ausserhalb der Sphäre menschlicher Fähigkeiten, und wir stossen auf eine Grenze, an der es für unser Geschlecht kein „Vorwärts" mehr gibt.

So wie jede geistige Auffassung durch unsere Sinne vermittelt wird, sind wir auch bei diesen Untersuchungen allein auf dasjenige angewiesen, was unsere Sinne, und bei allen feineren Untersuchungen darf man sagen, was unser Auge wahrzunehmen vermag. Wie weit dessen Fähigkeiten durch geeignete Hülfsmittel vielleicht noch dermaleinst gesteigert werden können, lässt sich freilich nicht absehen; wir unterscheiden jedoch schon jetzt mit den besseren Mikroscopen die Körper, welche $\frac{1}{2000}'''$, und wenn sie bewegt sind, $\frac{1}{3000}'''$ und weniger im Durchmesser haben, wobei im letzteren Falle freilich nur die Existenz und höchstens eine bestimmte Form solcher Körperchen zu erkennen ist. Zwischen dieser Grenze und den theoretisch angenommenen Atomen der Materie erstreckt sich das unbekannte Reich der Sinnenwelt, und in ihm ruhen die höchsten Probleme der Wissenschaft. Dieses Reich war nicht immer gleich begrenzt; vor Jahrhunderten umfasste es ganze Lehren, ganze Pflanzen- und Thierklassen, welche die Erfindungen menschlichen Scharfsinnes ihm abgewonnen haben; noch im Anfange dieses Jahrhunderts war es vielleicht nur wenigen Forschern vergönnt, mit einiger Klarheit Gegenstände von $\frac{1}{500}'''$ zu erkennen und gegenwärtig können die eifrigsten Werkstätten kaum der Nachfrage nach Instrumenten genügen, welche überall den Beobachtern mindestens um vier mal kleinere Naturkörper zugänglich machen. Was hat diese Erweiterung unserer Macht gefruchtet? Zahlreiche Thiere und Pflanzen sind entdeckt, viele für gleichartig gehaltene Gewebe haben Unterschiede erkennen lassen und eine oft höchst complicirte Structur ist manchmal da nachgewiesen, wo frühere Forscher eine formlose Gallerte vor sich zu haben glaubten etc.; aber ist jener Weg bis zu den Atomen der Materie kürzer geworden? Gesetzt auch neuere Verbesserungen setzten uns in den Stand $\frac{1}{10.000}'''$ unterscheiden zu können, durch die Beobachtungen organischer Vorgänge wird es wahrscheinlich, dass jene uns desshalb eben so unerreichbar bleiben wie bisher.

Auf eine direkte Erkenntniss der Formen und Eigenschaften der kleinsten Körperchen und einzelner Atome durch unser Auge müssen wir daher verzichten, wenn nicht im organischen Leben durch logische Schlussfolgerungen sich aus dem zugänglichen Theile jenes Gebietes Gesetze ermitteln lassen, deren Macht sich auch über jenen unsichtbaren Theil der Sinnenwelt ausdehnt, oder jene tiefe Kluft für wissenschaftliche Forschungen unschädlich machen, indem geistiger Scharfblick die Blödigkeit unseres leiblichen Auges ausgleicht. — Es fragt sich hauptsächlich, ob die Theilchen der organischen Materie jenseit der Grenze des Sichtbaren andere Formen und Eigenschaften vermuthen lassen, wie die bekannten. Die organischen Partikelchen erscheinen im Sehfelde des Mikroscops in allen Verschiedenheiten der Form und Abstufungen der Grösse, von ungemein durchsichtigen in allen Graden der Trübung und Färbung bis zu ganz schwarzen, oder, weil sie gar kein Licht durchlassen, schwarz erscheinenden; doch giebt es kaum Beobachtungen, welche die Annahme rechtfertigen, dass gegen jene Grenze des Sichtbaren hin das Urtheil der Forscher über diese Eigenschaften allmählig unsicherer werde; es scheint vielmehr, als ob die Substanz der Thiere und Pflanzen in hinreichend dünner Schicht bei genügendem Lichte einer erschöpfenden Untersuchung meistens vollkommen zugänglich sei, was sich nicht allein auf die Jetztwelt beschränkt, sondern mit Hülfe der Chemie und Mechanik selbst die verkohlten Pflanzen und die Knochen riesiger Ungeheuer der Vorwelt in ihren Bereich zu ziehen gewusst hat. — Eine leicht zu beobachtende Thatsache ist es ferner, dass die organischen Theilchen, je kleiner sie werden, und je neuer sie gebildet sind, um so häufiger die Kugelform zeigen, und wenn bei organischen Bildungsprocessen eine Menge solcher Kugeln gleichzeitig entstehen, sind sie nicht selten von gleicher Grösse und oft so dicht gedrängt, dass nur um vieles kleinere Körperchen zwischen ihnen Platz haben würden. Endlich lehrt uns die Entwickelungsgeschichte das Verhältniss der kleinsten Theilchen zu der veränderlichen Grösse und Ausbildung der ganzen Organismen kennen; wir sehen die einzelnen Organe aus winzigen Anfängen heranwachsen und ihre Elementartheile denselben Process durchlaufen; schon vorher entstehen aber Bildungen, welche das Erscheinen beider vorbereiten und in ihrem Gewebe weniger kleine Theilchen unterscheiden lassen. Dieser Umstand berechtigte schon den ersten Meister in der Entwickelungsgeschichte der Thiere zu dem Ausspruche: „Der Embryo ist anfangs grob gebaut", und wir finden in der That die Berichte neuerer Forscher auf diesem Gebiete so ausführlich und klar, den deutlichen Abbildungen entsprechend, dass sich die Ueberzeugung aufdrängt, die Schwierigkeiten, welche hier noch im Wege stehen, seien nicht optischer Natur und Grösse, Form und Farbe etc., seien überall, wo oft und genau genug zugesehen wird, erkennbar.

Setzen wir daher in den Raum zwischen dem jetzt überhaupt Sichtbaren bis zu den theoretischen Atomen, in Erwartung eines Besseren belehrt zu werden, vorläufig ähnliche Formen und Vorgänge, wie sie uns an der Scheidegrenze begegnen werden, und übertragen ihnen solche Thätigkeiten, wie wir aus der Gesammtwirkung erkennen, so wird jene Kluft für vorliegende Studien in dieser Hinsicht ohne Einfluss bleiben und getrost die Bahn in der Zuversicht betreten werden, dass die reine Dimension es nicht ist, welche die Lösung der Fragen über das organische Leben unmöglich macht, oder mit anderen Worten, dass wir die Form etc. erkennen werden, so oft unser Auge dieselbe zu prüfen im Stande ist.

Bleibt somit die organische Welt optisch zugänglich, so ist sie dagegen mechanisch und chemisch desto mehr abgeschlossen. Schon die Handhabung ganzer Organismen, welche kleiner wie $\frac{1}{2}'''$ wird unsicher und schwierig, und einzelne Objecte, welche kleiner wie $\frac{1}{50}'''$ sind, gestatten kaum noch eine Behandlung zu bestimmten Zwecken. Gilt dieses schon von ganzen Organismen, so lässt sich leicht denken, wie viel weniger ihre feinsten Theile sich präpariren lassen; das gewaltsame Zerquetschen des ganzen oder mehrerer Thiere bringt bei wiederholten Versuchen bald dieses bald jenes Organ zur deutlicheren Anschauung, durch deren Zusammentragen erst die Bildung des Organismus erkannt wird: ein Verfahren, welches nur zu leicht zartere Theile übersehen lässt und zu Täuschungen verführt. Isoliren lassen sich kleinere Theilchen aber sehr selten, und da solche überall bei Pflanzen und Thieren vorkommen, so ist ihre chemische Untersuchung unter dem Vergrösserungsglase mehr ein Mittel, welches Zweifel löst, Vermuthungen bestätigt und schwierige Untersuchungen abkürzt, als zu einer genügenden Analyse führend. Eben die Lücken, welche diese Schwierigkeiten in der Beobachtung einzelner Thiere und Pflanzen bedingen, lassen sich nur durch vergleichende Untersuchungen ausfüllen, und erst nachdem letzteres gelungen, darf man mit Sicherheit aus den Erscheinungen des organischen Lebens die Gesetze, welchen dieselben folgen, abzuleiten versuchen, um damit dem allgemeinen Ziele aller physiologischen Studien näher zu kommen.

Zunächst suchen also in dem Hauptzwecke, die Wissenschaft mehr durch das Aufsuchen von Gesetzen wie von Objecten zu fördern, diese „Physiologischen Studien" des Verfassers ihre Berechtigung; letztere wird durch die oben angedeuteten, bei Verfolgung eines systematischen Planes zu erreichenden Nebenzwecke schwerlich beeinträchtigt werden, und endlich wird der Leser aus den mitgetheilten Versuchen ersehen, wie weit die Resultate anderer Beobachtungen des Verfassers Zutrauen verdienen. Sie erscheinen der Natur der Sache nach in zwanglosen Heften etwa von dem Umfange des vorliegenden, deren eins oder mehrere für sich abgeschlossene Monographieen der abgehandelten Organismen bilden, und sind begleitet von Tafeln, welche die untersuchten Naturkörper ausschliesslich nach Original-Zeichnungen des Verfassers in ihren natürlichen Farben zur Anschauung bringen.

A. Wirbellose Thiere.

---

1. Infusoria.

I. Infusoria Polygastrica.

Mögen tiefe seelenvolle Blicke sich weiter in dies Dunkel verbreiten!
Ehrenberg.

Dass der ganze Umfang unserer Kenntnisse über eine reichhaltige Abtheilung des Thierreiches fast ausschliesslich dem eminenten Scharfblicke und der rastlosen Thätigkeit eines einzigen Naturforschers zu verdanken ist, wie dieser Fall bei den Infusorien vorliegt, möchte sich wohl kaum in einem verwandten Zweige der wissenschaftlichen Forschung wiederholen können. Denn vor Ehrenbergs Untersuchungen war über den inneren Bau dieser Wesen kaum etwas bekannt, und was in Folge derselben, ausser Bestätigungen seiner Entdeckungen veröffentlicht ist, verschwindet gegen jene grossartigen Leistungen so sehr, dass es bei einem historischen Ueberblicke unserer Kenntnisse von dieser Thierklasse fast ohne Nachtheil unberücksichtigt bleiben darf. Kaum haben die Beobachter früherer Zeit von der Physiologie dieser Thiere unbestimmte Ahnungen gehabt und bei dem redlichsten Fleisse und sorgfältiger Benutzung der damaligen Hülfsmittel doch nicht vermeiden können, bei einer systematischen Anordnung die heterogensten Organismen als Species derselben Gattung einzureihen: und im Laufe weniger Jahre sind durch Ehrenbergs Untersuchungen nicht nur bei weitem die Mehrzahl der jetzt bekannten Infusorien entdeckt, sondern auch alle nach dem erkannten innern Baue in ein wohlgeordnetes System nach natürlichen Ordnungen und Familien gebracht, welches, obgleich neue Entdeckungen und genauere Untersuchungen manches Einzelne berichtigend und erweiternd abändern können, in seinen Hauptabtheilungen und Umfange wohl für immer festgestellt sein möchte. Denn seit der Aufstellung dieses Systemes sind die Entdeckungen neuer Gattungen und Arten schon so zahlreich gewesen, dass die Leichtigkeit, womit sie den verschiedensten Abtheilungen eingereiht werden konnten, hinreichend als Prüfstein für das System selbst betrachtet werden kann: ein System, welches nur ein so bewundernswerther Takt, — wohl als Folge der durch die Resultate der Untersuchungen selbst geweckten Begeisterung — in's Leben rufen konnte.

Ohne Zweifel liegt der nächste Schlüssel zur Möglichkeit eines solchen Fortschrittes in der bestimmten Trennung der Magenthiere und Räderthiere, und was frühere Beobachter auch über die Aufnahme von Nahrungsmitteln oder Farbstoffen gesehen haben mochten, konnte zu keinen Resultaten führen, so lange sie allgemeine Gesetze für so verschiedenartige Geschöpfe suchten. Es bleibt unwillkührlich auch für den denkenden Beobachter der Begriff der Grösse mit der physiologischen Funktion

2

eines Organes verschwistert, und sobald im Sehfelde der verbesserten Mikroscope die einzelnen Organe der Räderthiere nach Umfang, Farbe, Durchsichtigkeit etc. sich absonderten, mussten auch die Funktionen derselben ihrer Lage und Grösse nach zu deuten versucht werden: ein einziger anatomischer Character — der fast gerade Verlauf des in wenige Abtheilungen getheilten Darmes — reichte zur scharfen Sonderung der polygastrischen Infusorien hin.

Ausser dieser Abgrenzung nach oben, die somit leicht gefunden war, und nach der entgegengesetzten Richtung, wo sich dieselbe in der Grenze unseres Sehvermögens verliert und also von den Verbesserungen der Mikroscope abhängig bleibt, ist eine viel schwierigere Aufgabe die seitliche Verwandtschaft der Algen und Pilze in bestimmte Grenzen einzupferren und eine auf rationellem Fundamente fussende Scheidewand zwischen Thier- und Pflanzenreich zu errichten. Die allgemein den Physiologen vorschwebende, wenn auch selten ausgesprochene Idee, dass beide sonst überall scharf getrennte Reiche bei genauerer Erforschung auch hier bestimmte Verschiedenheiten erkennen lassen würden, blieb bis auf die letzte Zeit unangefochten; es ist jedoch wohl zu beachten, dass alle Zweifel und Fragen in dieser Beziehung sich nur auf die eine der grösseren Abtheilungen des Ehrenbergischen Systemes der Polygastrica bezieht und in Hinsicht auf die übrigen nie ein begründeter Zweifel wieder erhoben werden kann. Denn diejenigen organischen Wesen, welche sich freiwillig bewegen und durch verschluckte Nahrungsstoffe, deren Beschaffenheit im Durchgange durch den Körper sich verändert, ernähren, werden für immer Thiere bleiben, und da in den folgenden Studien diese Vorgänge bei den Polygastricis, welchen Ehrenberg einen Darm zuschreibt (Enterodela), genauer beschrieben werden sollen, so wird es vorläufig genügen eine Untersuchung der kleineren, darmlosen (Anentera) in Beziehung auf die Frage vorzunehmen, ob sie Charactere erkennen lassen, welche genügen, um jeden Zweifel über ihre thierische Natur zu beseitigen.

Die stetigste Erscheinung, welche das organische Leben zeigt, ist der Stoffwechsel, durch den ein beständiger Verkehr mit der Aussenwelt, mit den das Individuum umgebenden Medien stattfindet. Unter letzteren giebt es nur zwei überall verbreitete Mischungen, in welchen das organische Leben die Stoffe, deren es bedarf, vorfindet, die Luft und das Wasser. Die vollkommneren Individuen des Pflanzenreichs nehmen die Luft durch die grünen Pflanzentheile, wie Blätter und Stengel, das Wasser durch die Wurzeln auf, und ob nun das chemisch reine Wasser das Pflanzenleben zu unterhalten vermag oder nicht, mag unentschieden sein; gewiss aber ist, dass meistens verschiedene Stoffe darin aufgelöst sind, welche in die Pflanze übergehen. Bei den niedersten Algen, welche hier fast allein in Frage kommen, tritt auch die Luft nur durch Vermittelung des Wassers an die Pflanzenzelle und wenn ein entscheidendes Moment leicht gefunden werden könnte, um Pflanzen und Thiere zu trennen, so müsste es, da auch alle in Frage kommenden thierischen Geschöpfe im Wasser leben, in der Aufnahme dieses Mediums mit den darin gelösten oder vertheilten Substanzen sich zeigen, welche

bei den Pflanzen an jeder Grenze des Körpers durch Einsaugung vor sich geht, wobei nur aufgelöste Stoffe mit in das Innere gelangen,

bei den Thieren vorzugsweise durch bestimmte Oeffnungen des Körpers geschieht, wobei meistens auch nicht aufgelöste Körperchen mit eindringen und nach längerem Verweilen oft an anderen bestimmten Stellen des Körpers wieder ausgeschieden werden.

Dieser Unterschied, wo er sich zeigt, entscheidet bestimmt über die Frage: ob Pflanze? ob Thier? Natürlich lässt sich eine an jeder Grenze des Körpers stattfindende Einsaugung von Wasser, darin gelöster Luft und anderer Stoffe, selbst bei den besten Hülfsmitteln nicht wahrnehmen, dagegen durch ihre Erfolge als geschehen nachweisen, während die Aufnahme im Wasser vertheilter Stoffe in den Körper durchsichtiger Thiere sich unter dem Mikroscope erkennen lässt. Die natürliche Folge davon blieb, dass soweit dieser Punkt der einzige war, an den man sich halten konnte, was feste Stoffe aufnahm, zu den Thieren, durch positiven — was es nicht that, zu den Pflanzen, durch negativen Beweis gerechnet werden musste. Ein anderes Unterscheidungszeichen, welches leichter in die Augen fällt, ist die freiwillige Bewegung eines ganzen Individuums oder einzelner Organe desselben, und hat auf die erste Auffassung mancher zweifelhaften Formen grossen Einfluss gehabt. Bald wurde jedoch beobachtet, dass augenscheinlich sehr nah verwandte Körper, ja selbst Arten derselben Gattung, in dieser Beziehung ein sehr ungleiches Verhalten zeigen, und dagegen bei anderen Gattungen mit zahlreichen Arten, die einen entschieden pflanzlichen Character haben, lebhafte, den thierischen täuschend ähnliche Bewegungen etwas Gewöhnliches sind.

Genug, ein Thier könnte essen, ohne dass wir es durchaus wahrnehmen müssten, eine Pflanze sich bewegen, ohne darum Thier zu werden. Diese Unsicherheit wies auf eine andere Reihe von Kennzeichen hin, deren Untersuchung zu gediegeneren Resultaten zu führen versprach, nämlich die Fortpflanzung und Entwickelungsgeschichte, und wo die Bildung eines Thieres aus dem Eie, oder einer Pflanze aus der Spore beobachtet worden, ist auch nie der geringste Zweifel übrig geblieben. Eine nicht unbeträchtliche Zahl jener zweifelhaften Körper hat aber weder die eine noch die andere Fortpflanzung bis jetzt wahrnehmen lassen; sie finden sich oft in zahlloser Menge vor, vermehren sich durch Queer- und Längstheilung, Gemmen- und Sprossenbildung etc., wobei Jahreszeit und Witterungs-Verhältnisse von verschiedenem Einflusse sind, und verschwinden später wieder, so dass nur einzelne zerstreute Individuen mit vieler Mühe aufgesucht werden können, die sich in Form, Farbe und Umfang nicht auszeichnen; — Beweis genug, dass auch auf diesem Wege die Unterscheidung von Thier und Pflanze nicht leicht und sicher erlangt wird.

Bei den höher entwickelten Pflanzen und Thieren findet sich der Gegensatz in dem Stoffe, woraus sie bestehen, dass bei den Thieren seltener stickstofffreie Verbindungen gefunden werden, während sie bei den Pflanzen vorwiegen. Geeignete Versuche haben in neuester Zeit für manche Fälle die Möglichkeit nachgewiesen, selbst bei sehr kleinen Gegenständen unter dem Microscope eine Bestimmung ihrer chemischen Natur zu erlangen; doch müssen freilich diese Beobachtungen noch eine breitere Basis schaffen, bevor die Folgerungen eine wünschenswerthe Sicherheit darbieten. Ausserdem aber bleibt es wahrscheinlich, dass während bei den höher entwickelten Organismen beider Reiche bestimmte Stoffe sich wesentlich verschieden zeigen, bei den minder entwickelten die Reactionen immer weniger characteristisch werden, und bei den zweifelhaften einzelne Elementarorgane weder für sich geprüft werden können, weil sie nicht zu isoliren sind, noch wenn dieses geschehen kann, eine genügende Reaction zeigen; die organische Chemie hat trotz der Riesenschritte, mit welchen sie im letzten Jahrzehent vorwärts gedrungen, bei der sorgfältigeren Analyse thierischer Substanzen so viel Neues entdeckt, worauf kaum die gewagteste Vermuthung führen konnte, dass auch hier sich schwerlich der Schlüssel zur Lösung der vorliegenden Frage finden möchte. —

Diese Betrachtungen führen zu dem Schlusse, dass nur eine sorgfältige Beobachtung der zweifelhaften Geschöpfe durch alle Jahreszeiten fortgesetzt, um wo möglich ihre Entwickelungsgeschichte zu erforschen, eine Prüfung ihrer Bestandtheile, wo sie ausführbar ist, und vorsichtige Anwendung des Schlusses durch Analogie zu einem Ergebnisse führen werden, welches dem gegenwärtigen Standpunkte des menschlichen Wissens entspricht, und, richtige Annahmen bestätigend, die Erkenntniss der noch beibehaltenen Irrthümer selbst anbahnt. Gewiss wäre es hier zu wünschen, dass die Untersuchung bei den Geschöpfen beginnen könnte, welche den einfachsten Bau und die geringsten Dimensionen zeigen; von den kleinsten organischen Wesen kennen wir aber leider nur die Existenz, höchstens eine von der Kugelform um ein Geringes abweichende Gestalt, und bei der offenbar sehr lebhaften und selbstthätigen Bewegung, bei gänzlichem Mangel aller Uebergänge zu bestimmt als vegetabilisch erkannten Gebilden, wird ihre thierische Natur kaum in Zweifel gezogen. Zu physiologischen Studien eignen sich dieselben jedoch am allerwenigsten; denn wäre auch zunächst ihre geringe Grösse (von etwa $1/600'''$ an und kleiner) ein durch Verbesserung der Microscope zu verringernder Uebelstand, so lässt sich doch ihre Form, Bewegungsorgane und ihr innerer Bau um so schwieriger erkennen, als sie sich weder mit Sicherheit auffinden, noch durch geeignete Hülfsmittel unter dem Vergrösserungsglase

2*

festlegen und abplatten lassen, so dass in sehr vielen Fällen die Bestimmung der Gattung und Art selbst geübten Beobachtern unüberwindliche Schwierigkeiten darbietet. Zu einer genügenden mikroscopischen Untersuchung ist es unerlässlich, dass jedes Object ruhig liege und eine gewisse, nach der Durchsichtigkeit verschiedene, Dicke nicht überschreite, wobei die Kugel- oder Cylinderform meistens für die Untersuchung die ungünstigste bleibt. Diese Umstände genügen auch das sorgfältigste Studium der Monaden und Vibrionen etc. fast ganz unfruchtbar für die Physiologie zu machen, während es für die Systematik nur zu fruchtbar zu werden droht, indem leicht dasselbe Geschöpf unter mehrfachen Benennungen aufgeführt werden könnte, je nachdem mehr oder weniger von dem inneren Baue dem jedesmaligen Beobachter klar wird. —

Nur um den Faden der systematischen Anordnung so weit festzuhalten, dass späteren Rückblicken auch bis an die Grenze der organischen Welt freier Raum bleibt, möge hier daher in gedrängter Kürze eine Zusammenstellung der Gattungen nach Ehrenbergs Anordnung einen Platz finden, welche bis zu denjenigen Gebilden reicht, die nicht zu klein sind, um eine sorgfältigere Untersuchung zu gestatten. —

Polygastrica = vielmagige Infusorien heissen diejenigen sehr kleinen thierischen Organismen, bei denen aufgenommene Nahrungsmittel in mehrfachen getrennten Höhlungen im Körper verweilen, welche die Stelle mehrfacher Magen vertreten, weil die zur Nahrung dienenden Stoffe nach kürzerem oder längerem Aufenthalte in denselben wieder aus dem Körper entfernt werden. Letzteres kann an derselben Stelle des Körpers stattfinden, wo sie aufgenommen wurden, so dass Mund und After zusammenfallen, oder die Ausscheidung findet an einer anderen Stelle des Körpers statt, und die Nahrungsstoffe gelangen auf verschiedenem Wege aus dem Magen und Körper des Thieres wieder nach aussen. Diese Verschiedenheit liefert die beiden Hauptabtheilungen des Polygastrica, indem jener Weg vom Munde bis zum After als Darm bezeichnet wird und demnach im ersteren Falle ein solcher fehlt = Anentera, Darmlose, im letzteren ein Darm vorhanden ist = Enterodela, Darmführende.

Gern gesteht der Verfasser, dass die Aufgabe für ihn zu schwer gewesen, über die Wege, welche Nahrungsstoffe bei den Monaden und Vibrionen durch die winzigen Leiber geführt werden könnten, sich bestimmten Aufschluss zu verschaffen, und verweist auf die spätere Erörterung des Baues der darmführenden Polygastrica; gewiss aber führt die Untersuchung der Arcellinen zu einer solchen Ansicht und es wird sicher die Abtheilung in ähnlicher Umgrenzung festzuhalten sein, wenn auch einige Gattungen ausrangirt und selbst das Eintheilungsprincip mit einem anderen Namen ausgesprochen werden müsste. — Die Thiere, welche in diese Abtheilung gehören, unterscheiden sich von allen übrigen durch die Art der Aufnahme und Ausscheidung der Nahrungsstoffe und unter sich durch die Grösse, Form und Farbe ihres Körpers, die Bewegungsorgane und Beständigkeit desselben, die Art der Selbsttheilung, und verschiedene Hüllen des Leibes etc. etc., so dass folgende übersichtliche Zusammenstellung der Familien sich ergiebt:

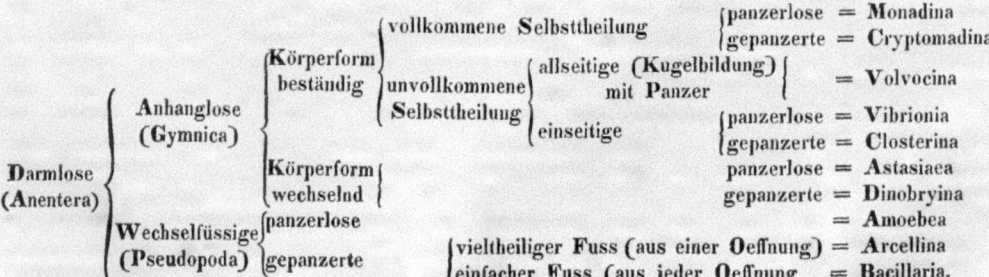

Zur Erläuterung dieses Schemas muss man sich vergegenwärtigen, dass angenommen wird, so wie die Aufnahme und Ausscheidung der Nahrungsstoffe — mögen letztere nun Farben, feste Substanzen oder aufgelösete Stoffe sein — bei den Arcellinen beobachtet ist, dieselbe in der ganzen Abtheilung der Darmlosen vor sich gehe. Die Annahme, dass diese Organismen Thiere seien, ist nur bei denen bestritten, wo sich unregelmässige (willkührliche) Bewegungen nicht sogleich deutlich beobachten lassen, und dahin gehören nur ein Theil der Volvocina, die Closterina und Bacillaria; obgleich Niemand mehr daran zweifeln kann, dass Bewegung an und für sich als Unterscheidungszeichen für die thierische Natur eines organischen Wesens ganz unbrauchbar geworden ist. Die Erörterung der Gründe, welche für und gegen die eine oder andere Ansicht sprechen, soll in die folgenden Untersuchungen jener Organismen verflochten werden, bei den übrigen Darmlosen, deren thierische Natur bestritten worden, bleibt nur die Annahme übrig, dass da, wo der Uebergang fester Stoffe in den Körper nicht wahrzunehmen ist, eine Auflösung derselben im Wasser als Nahrungsmittel diene, welche im Parenchym der Thiere, weil beide fast in gleichem Grade das Licht brechen, schwer zu unterscheiden ist. — Der Körper dieser Thiere ist entweder anhanglos, ohne Verlängerungen, Fortsätze, Füsse etc. mit Ausnahme sehr feiner Wimpern und fadenförmiger Rüssel, — oder mit veränderlichen Fortsätzen (Füssen) versehen: die Form des Körpers ist an sich beständig oder durch abwechselnde Ausdehnung und Zusammenziehen veränderlich, und der Körper selbst nackt oder mit ein- oder mehrfacher Hülle versehen = gepanzert. Die bekannte Vermehrung der Individuen endlich geschieht durch Längs- und Quertheilung, die vollkommen sein kann, wo beide Individuen nach vollendeter Theilung sich trennen, oder unvollkommen bleibt, wenn die mehrfachen Individuen auch ferner zusammenhängen, wobei allseitige Theilung zu kugelförmigen Monadenstöcken, einseitige zu fadenförmigen Gebilden führt.

Diese Unterscheidungs-Merkmale sind sämmtlich ohne Schwierigkeit wahrzunehmen und jedem Beobachter deutlich zu machen, — sie genügen, um die Mehrzahl der darmlosen Magenthiere in natürliche Familien zu vereinigen und möchten wohl stets ihren systematischen Werth behalten; die physiologische Bedeutung dieser und anderer Eigenschaften ist noch bei weitem nicht immer genügend klar erkannt, und schaltet daher der Verfasser bei einer flüchtigen Musterung der einzelnen Familien hier die abweichenden Resultate seiner Untersuchungen und gegründete Zweifel über die Ansichten Anderer gehörigen Orts ein.

---

1. Anentera (Darmlose.)

Mangel des Rückenmarkes und des Pulses, in zahlreiche blasenartige Magen zertheilter Speisecanal, unabgeschlossene Körperform (durch Selbsttheilung und Knospenbildung), beiderlei Geschlechtsorgane und Scheinfüsse (ohne wahre Gelenke) — bezeichneten für Ehrenberg bei Abfassung des grösseren Infusorienwerkes die Klasse der Magenthiere. Von diesen Kennzeichen sind die Magen und Geschlechtsorgane theils ihrer Bedeutung, theils ihres Vorhandenseins wegen von verschiedenen Gelehrten bestritten; da jedoch in Beziehung auf diese Punkte zwischen den beiden grössern Abtheilungen der darmlosen und darmführenden kein Unterschied vorhanden ist, so kann hier mit Recht auf die Untersuchungen der grössern darmführenden Magenthiere, welche weiter unten mitgetheilt werden sollen, hingewiesen werden. Denn die Thatsache, dass Nahrungsstoffe oder Farben von den Magenthieren verschluckt und in getrennte Behälter, welche, da sie bei jeder Lage des Thieres rund erscheinen, hohle Kugeln oder Blasen sein müssen, aufgenommen werden, ist nicht mehr zweifelhaft, und nur die Wandungen dieser Behälter und ihre Verbindung unter einander sind streitig. Wie aber diese Frage auch entschieden werden mag, so wird doch stets ein Unterschied zwischen den Thieren bleiben, welche dieunverdauten Substanzen durch selbe Oeffnung des Körpers, die den Mund bildet, ausscheiden, und denjenigen, welche an einer andern Körperstelle eine bestimmte Oeffnung für diese Ausscheidung zeigen. Ersteres ist der Fall bei den darmlosen — letzteres bei den darmführenden Magenthieren, welche nach der gegenseitigen Lage dieser Oeffnungen in grössere Abtheilungen zerfallen.

So einfach diese Säze zu sein scheinen, und so bestimmt sie jedes Thier in eine oder die andere Abtheilung verweisen, so schwer ist es in manchen Fällen über die Sache selbst in's Klare zu kommen. Viele dieser Thiere nehmen gar keine Farbstoffe in sich auf, bei andern hält es schwer, das vordere und hintere Ende mit Sicherheit zu unterscheiden, und die stete Beweglichkeit anderer würde es sehr selten glücken lassen, eine Ausscheidung unverdauter Stoffe überhaupt wahrzunehmen, geschweige denn zu entscheiden, ob dieselbe durch die vordere Oeffnung des Mundes, oder an irgend einer andern Stelle des Körpers vor sich ging. Die natürliche Verwandtschaft der meisten Familien ist freilich so einleuchtend, dass der Vorgang bei wenigen Arten mit Sicherheit erkannt, für alle übrigen maassgebend sein würde; allein um nach Ehrenberg's Rath durch das gleichzeitige Uebersehen vieler Individuen zu diesem Zwecke gelangen zu können, müssten entweder diese Thiere oder das Sehfeld unserer Microscope bei so starken Vergrösserungen wie erforderlich sind, um bei ihnen das vordere und entgegengesetzte Ende des Körpers zu unterscheiden, ganz andere Dimensionen darbieten. Nur ein Zufall kann einzelne Beobachter in solchem Falle begünstigen, Niemand aber das beabsichtigte Resultat auf andere Weise erzwingen, als durch eine solche Vervielfältigung der Beobachtungen, dass jener günstige Zufall dazwischen fallen muss; eine schwerlich dankbare Aufgabe! Denn bei den darmführenden Magenthieren ist eine solche Beobachtung um Vieles leichter zu machen, häufig genügt, um das Vorhandensein einer zweiten Oeffnung darzuthun die Auffindung einer Cloake — einer stets an derselben Körperstelle sich ansammelnden Menge von Nahrungsstoffen, in deren Nähe die Afteröffnung sich zu finden pflegt — und die zweifelhaften Arten würde man vielleicht so lange irrthümlich zu den darmlosen zählen, bis andere Merkmale, ihre richtige Stellung ihnen anzuweisen, ermittelt wären. — Um diesem Unterschiede endlich jede Aussicht eines durchgreifenden Einflusses auf die Systematik zu entziehen, stellen sich auf die Grenze der darmlosen und darmführenden Magenthiere die Amoeben und Arcellinen mit stets veränderlichem Körper, wo die Stelle, welche den Mund, der gefressen hat, bildete, schon im nächsten Augenblicke aus dem Parenchym des Körpers nicht wieder zu sondern ist, und selbst bei günstigster Beobachtung eine Entscheidung über die Identität der Aufnahms- und Ausscheidungs-Oeffnung ganz unmöglich bleibt. — Kurz eine bestimmte Entscheidung dieser Frage ist einestheils sehr schwierig, und anderntheils von geringem Nutzen.

Die für Organe beiderlei Geschlechts gedeuteten Theile haben bei diesen Thieren nur die Deutung von den darmführenden übertragen erhalten und kann daher von ihnen nur dasselbe gelten, was bei der später folgenden Untersuchung der Letzteren sich herausstellen wird.

Erste Familie. Monadina.

Eine ganze Reihe negativer Kennzeichen macht es möglich, ein Thier als zur Monadenfamilie gehörig zu erkennen. Es sind die darmlosen Magenthiere: ohne äussere Organe, ohne besondere Körperhülle, und ohne die Fähigkeit willkürlich die Form des Körpers zu verändern, welche rund bis länglich oval vorkommt. Die Individuen finden sich zu zwei, oder durch gleichzeitige Längs- und Quertheilung zu vier vereinigt, bilden jedoch nie Ketten und Bänder.

Wahrscheinlich giebt es Thiere, die so klein oder so durchsichtig sind, dass im Sehfelde des Mikroscops nur dichtgedrängte Haufen in rascher Bewegung wahrgenommen werden. Ehrenberg setzt die Grenze unsers Sehvermögens auf den Durchmesser von $\frac{1}{3000}$ Linie, und es ist richtig, dass man so feine Objecte wahrzunehmen im Stande ist; für durchsichtige und bewegte Gegenstände darf man jedoch die Hälfte abrechnen, wenn von wirklichem Sehen die Rede sein soll. In einem Tropfen, der von sehr kleinen Monaden wimmelt, ist es schwierig zu einem wirklichen Sehen zu gelangen, weil je stärker die Vergrösserung, um so mehr auch der Brennpunkt der Objective einem mathematischen Punkte ähnlicher wird; es müssten deshalb die Monaden sich genau in einer Ebene bewegen, welche gegen die Sehachse des Mikroscopes einen rechten Winkel bildete, wenn mehr wie ein flüchtiges durch den Brennpunkt fahren derselben wahrgenommen werden sollte; höchstens lässt dabei sich Form und Farbe erkennen, und in anderen Beziehungen ganz verschiedene Thiere könnten denselben optischen Eindruck machen, was eine grosse Unsicherheit zu Wege bringt. Bei Versuchen zwischen geschliffenen Glasplatten solche Tropfen ganz flach auszubreiten, nachdem sie mit reinem Wasser verdünnt sind, sieht man zuletzt nichts mehr, wenn alle Bewegung aufgehört hat; weil die ruhenden Thiere einzeln zu klein oder zu durchsichtig sind. Eigenthümlich ist es daher auch, dass bei manchen Gattungen dieser kleinsten Thiere, von Form und Grösse abgesehen, die Unterscheidung der Arten durch Kennzeichen möglich gemacht wird, zu deren Ermittelung es des Mikroscopes gar nicht weiter bedürfte, wie das Vorkommen, die Färbung, welche sie dem Wasser mittheilen etc.

Genug! die Familie der Monaden verhält sich zur Zoologie, wie die Mythe zur Geschichte, und hier, wo erst ein System zu dämmern beginnt, ist noch kein urbares Land für physiologische Studien.

Um so entschiedener gilt es aber Alles von diesem Gebiete zurückzuweisen, was in der That nicht hierhergehört. Eine voreilige Abschliessung der für die organische Welt gültigen Gesetze und taktlose Anwendung derselben zu theoretischen Trugschlüssen, statt sorgfältiger Prüfung in der Natur selbst, hat oft zu der jeden Grundes entbehrenden Auffassung verleitet, als ob organischer Ursprung, geringe Grösse und Bewegung genügten, um eine Monaden-Art zu characterisiren. Nicht bestimmt genug kann es darum hervorgehoben werden, dass auch die Monaden wirkliche Thiere sind, welche entstehen, zu einer gewissen Form und Grösse sich entwickeln und wieder vergehen, welche an bestimmten Standorten in besonderen Jahreszeiten in überwiegender Menge gefunden werden und an anderen oder denselben zu anderen Zeiten fehlen — kurz, dass es die Consequenz erfordert, ihnen dieselbe scharfe Begrenzung der Species und die selbstständige Individualität der einzelnen zu übertragen, welche allen anderen Thieren zukommt, wo denn letztere genügt, Alles Fremdartige mit einem Schlage abzusondern.

Auf einen anderen auch physiologisch wichtigen Punkt sei es erlaubt, hier nochmals zurückzukommen, nämlich die Grenze unseres Sehvermögens und die Durchmesser der Atome. Ehrenberg führt bei Monas Termo eine Berechnung auf, wonach die Theilbarkeit der organischen Atome mindestens weiter wie bis $1/12000$ einer Linie reicht. Was jenseit dieser Grenze liegt, kann füglich unerörtert bleiben, da es nur darauf ankommt, bis wie weit wir sehen können. Eine Prüfung der Angaben Ehrenbergs in der Natur, namentlich Messungen und Fütterungen von Monas Termo, wäre eine höchst schwierige Aufgabe, sobald das Resultat allseitiges Vertrauen verdienen soll. Ich habe daher vorgezogen, eine Gegenprobe an Objecten zu versuchen, wo mir die organische Materie äusserst fein vertheilt schien, und eine ziemlich genaue direkte Messung zulässig ist. — Vielleicht giebt es kaum organische Wesen oder Theilchen derselben, deren Durchmesser im strengsten Sinne des Wortes gleich gross sind; es wird vielmehr eine individuelle Verschiedenheit überall anzunehmen sein und eine genaue Messung sehr kleiner Körper ist deshalb unmöglich, wenn nicht ihre Lagerung in geordneter Reihe eine grössere Zahl zugleich der Prüfung darbietet. In letzterem Falle kann jedoch ein Resultat, welches allen billigen Anforderungen in practischer Hinsicht genügen möchte, auf folgende Weise erzielt werden: Da bei allen Methoden, welche zur Bestimmung der Grösse durch das Mikroscop betrachteter Gegenstände vorgeschlagen sind, der Beobachter stets eine Reihe von Vorsichtsmaassregeln im Auge behalten muss, um keine Täuschung mitunterlaufen zu lassen, so verdient die einfachste, das heisst die direkte Messung, vor allen den Vorzug, weil sie die sichersten und jeden Augenblick einer neuen Prüfung zu unterwerfenden Resultate liefert. Zu diesem Zwecke legt man den zu messenden Gegenstand auf einen richtig getheilten Glasmikrometer, so dass die Theilung und das Object zugleich im Focus sind und die **Grösse** des letzteren gleich abgelesen werden kann. In diesem Falle ist man vor allen Einflüssen, welche durch ungleichen Druck, Federkraft, ungleiche Einstellung des Focus, todten Gang der Schrauben etc. bedingt werden, sicher und wird bei hinreichender Vergrösserung und Helligkeit stets dasselbe Resultat herauszählen, nur müssen die Objecte sehr dünn sein und ganz flach aufliegen, um auch bei stärkeren Vergrösserungen mit der Theilung im Focus gehalten werden zu können. Um diesem Uebelstande zu begegnen, habe ich die Theilung des Glasmikrometers mit schwarzen Strichen auf ein Blatt Papier durch den Sömmeringischen Spiegel übertragen und die Objecte auf diesem Papiere ebenfalls durch den Spiegel nachgezeichnet und gemessen, was gleich befriedigende Resultate gab, so lange nur das mittlere Drittheil vom Durchmesser des Sehfeldes zur Messung benutzt wurde.

Die Gegenstände, welche zu so feinen Messungen ausgewählt wurden, zeigten auf einer ganz oder theilweise durchsichtigen Fläche sehr dichtgestellte und schmale Streifen, wie der Regenbogen-Achat, Perlenmutter, Bacillarien, Schmetterlingsschuppen, oder feine Federchen und Härchen, wie die Ruderarme der Daphnien und einzelner Räderthiere etc. Ein solches Object liegt auf einem in 30 Theile der Pariser Linie getheilten Glasmikrometer im Sehfelde, der Körper des Mikroscopes wird durch ein rechtwinkliches Prisma unterbrochen, von welchem ein horizontaler Arm ausgeht, der das Ocular und den Sömmeringischen Spiegel trägt: letzterer wirft das Bild des Objectes auf ein Blatt Papier, worauf die Theilung des Mikrometers in der angewandten Vergrösserung genau entsprechendem Verhältnisse mit schwarzen Linien angegeben ist; im Ocular befindet sich ein Spinnfädenkreuz, als Marke, woran die Messung beginnt. Nachdem unter einer schwächeren Vergrösserung die Streifung des Objectes so gelegt ist, dass sie mit einem Theilstriche des in Quadrate getheilten Mikrometers rechtwinklig steht, wird die stärkere Vergrösserung angeschroben und das Bild der Theilung des Mikrometers durch den Sömmeringischen Spiegel zu der Theilung auf dem Papier so gestellt, dass die Theilstriche sich decken; dann wird der Spinnfaden im Ocular auf einen Streifen des Objectes gedreht und von diesem aus die Zählung begonnen. Nach diesen Vorbereitungen habe ich zunächst die Zuverlässigkeit des im Sömmeringischen Spiegel beobachteten Bildes geprüft, indem ich dasselbe Object auf dem Mikrometer direct gemessen und dann im Sömmeringischen Spiegel an der übertragenen Theilung nachgezählt und dieses Verfahren so lange wiederholt, bis ich völlig genügende und ganz übereinstimmende Resultate erhielt und fernerhin der Verpflichtung entging, jedes Object auf die Mikrometerplatte zu bringen, so wie auch auf nicht ganz durchsichtigen Splittern des Regenbogenachats, des Perlenmutters etc. zuverlässige Messungen anstellen konnte.

So wurde der Zweck erreicht, die bei der Messung sehr kleiner und einzeln vorliegender Körperchen noch möglichen Fehler auf viele jedenfalls so zu vertheilen, dass ihr Einfluss von geringer Bedeutung sein konnte. Endlich wurden dieselben Messungen sowohl mit dem Schraubenmikrometer, als auch nach dem Mikrometer im Oculare wiederholt und übereinstimmende Resultate erzielt. Das Ergebniss drückt sich am klarsten in der Angabe aus, wie viele solcher Streifen etc. auf dem Raume einer Pariser Linie in der Wirklichkeit vorkommen würden, was sich durch eine sehr einfache Rechnung ergab: die Theilung des Mikrometers zerlegt die Pariser Linie in 30 gleiche Theile; die Zeichnung dieser Theilung durch den Sömmeringischen Spiegel giebt bei einer gewissen Vergrösserung einen Abstand der Theilstriche auf dem Papiere von 12 Linien, so ist der Vergrösserung 360fach, und zähle ich auf jenem Abstande von 12 Linien 24 Streifen der Theilung des Objectes, (also 2 pr. Linie in der Zeichnung), so ist die Streifung so fein, dass in der Wirklichkeit 2×360 also 720 Streifen auf die Linie kommen. Bei feineren Streifungen wie diese trifft man häufig den Uebelstand, wie namentlich bei den Bacillarien im Kieselpanzer, dass die Zwischenräume und die Streifen selbst nicht in einer Ebene liegen; um bei der Zählung der Streifen sich nicht zu verwirren kann die Vergrösserung bis 1000 und selbst 1500fach gesteigert werden, und man muss, um die Gränze der Streifen oder die ihrer Zwischenräume möglichst klar zu sehen, den Focus verschieden einstellen. In diesem Falle habe ich die Streifen selbst möglichst scharf eingestellt und ihre Mitte bei der Zählung fixirt. — Bei nachstehend verzeichneten Objecten ergaben sich folgende Resultate:

Object.	Streifen-Zahl pr. Pariser Linie.	Object.	Streifen-Zahl pr. Pariser Linie.
1. Gallionella sulcata	600	6. Polyartha platyptera (Flosse)	1560
2. Perlenmutter (variirend)	600 — 800	7. Navicula macilenta...........	1920
3. Regenbogen-Achat...........	900	8. Hipparchia Janira (Flügelschup-	
4. Navicula (Pinnularia) viridis ..	1200	pen. Queerlinien.)	2600
5. Navicula baltica	1300		

Die künstliche Theilung bestimmter Maasse lässt sich durch mechanische Mittel gewiss bis zu einem höheren Grade von Feinheit treiben, als mit den besten Vergrösserungen bis jetzt unterschieden werden kann, wie Nobert mit seinem sogenannten Prüfer versucht hat. Diese feinen Theilungen sind jedoch, wie ein Vergleich erkennen lässt, ungleich schwieriger richtig zu beleuchten, wie deutlich zu sehen. — Ein von Schiek in $\frac{1}{30}$''' getheilter Glasmikrometer (von 1838) zeigte mir Theilstriche von $\frac{1}{300}$''' Breite, deren also bei gleichen Zwischenräumen 150 auf die Linie gezogen werden könnten. Oberhäuser theilt jetzt den Millimeter in $\frac{1}{50}$ und $\frac{1}{100}$ durch Theilstriche von $\frac{1}{400}$ Millimeter Breite, deren bei gleichen Zwischenräumen also ungefähr 400 auf die Linie gezogen werden könnten. Noberts Prüfer zeigt in 10 Gruppen Theilstriche von verschiedener kaum noch messbarer Breite, in folgenden Abständen (durch Rechnung gefunden?)

Gruppe: I.   II.   III.   IV.   V.   VI.   VII.   VIII.   IX.   X.

$\frac{1}{1000}$'''; $\frac{1}{1166}$'''; $\frac{1}{1361}$'''; $\frac{1}{1587}$'''; $\frac{1}{1852}$'''; $\frac{1}{2159}$'''; $\frac{1}{2518}$'''; $\frac{1}{2941}$'''; $\frac{1}{3424}$'''; $\frac{1}{4000}$''';

Für alle natürlichen Objecte tritt bei sehr starken Vergrösserungen (1000fach und mehr) der Uebelstand störend in den Weg, dass die Theilstriche nicht überall gleich scharf sind und nicht mit den Zwischenräumen zugleich deutlich im Focus erscheinen; nur die oben angeführten Objecte des Regenbogen-Achats, welcher in zu diesem Zwecke geschliffenen Platten untersucht wurde, und die Flossenstrahlen des Räderthieres Polyartha platyptera Ehrbg., welches leider selten zugänglich sein wird und bei der ungemeinen Durchsichtigkeit der Flossen ein höchst schwieriges Object liefert, sind frei von diesem Nachtheile. Von den Bacillarien scheinen fast alle eine ziemlich gleiche Streifung zu zeigen, mit Ausnahme der Theilung auf den stielrunden, wie Gallionella sulcata z. B. wo die Theilstriche gegen den Mittelpunkt convergiren und Navicula baltica, wo die Zwischenräume breiter erscheinen wie die Streifen selbst, während bei Navicula viridis und macilenta fast gar kein Zwischenraum wahrzunehmen ist. Die feineren Queerstriche zwischen den Längsstreifen der Flügelschuppen mancher Schmetterlinge wie Hipparchia, Pieris, Lycaena etc. sind daher auch leichter zu zählen, weil ihre Zwischenräume etwas grösser sind, und bei ihnen das Auge ebensoviel Zwischenräume als Streifen unterscheidet, also nach obiger Messung etwa 5000 Objecte pr. '''. Zwischen einer solchen Schuppe und dem Nobert'schen Prüfer ist aber ein grosser Unterschied, indem man die Streifen in der Schmetterlingsschuppe ungleich deutlicher sieht, wie selbst die erste Gruppe jener Theilung, was nicht durch die Abstände, sondern nur durch die auch bei starker Beleuchtung bestimmter bleibende Schattengränze bedingt sein kann.

Obgleich bei obigen Messungen nicht Alles erschöpft ist, was vielleicht durch Feinheit der Objecte oder Stärke der Vergrösserungen erreicht werden kann, so ergiebt sich doch zur Genüge, dass selbst bei der hier vorgeschlagenen Methode die Messbarkeit der Objecte bei $\frac{1}{5000}$''' aufhört practischen Werth zu behalten. Feinere Streifungen, körnige Trübung und zahlreiche bewegte Objecte kann man ohne Zweifel wahrnehmen, aber unser Urtheil darüber sagt nur, dass sie kleiner sind wie

3

jene Grenze, die jeder Beobachter auf die angegebene Weise für seine Individualität und jedesmaligen Hülfsmittel genauer feststellen kann.

Für mich diente als letzte Probe in der Wirklichkeit die Theilstriche von Noberts Prüfer nachzumessen, welches ich mit Noberts Linsen an einem Schiekschen Mikroscope bei 1500facher Vergrösserung bis zur siebenten Gruppe ausführen konnte. Die Abstände betragen hier nach der Angabe $\frac{1}{2518}'''$ und ich fand 2100 Theilstriche pr. '''. Wenn sich jedoch für solche Messungen nur bis zu $\frac{1}{2000}'''$ die Richtigkeit sicher verbürgen liesse, so möchten kaum einige von den Lesern unbefriedigt bleiben. —

Alle Geschöpfe, deren Durchmesser den 200ten Theil einer Linie nicht erreicht und welche sich lebhaft bewegen, bieten dem Beobachter die grosse Schwierigkeit, dass sie unter dem Mikroscope nur momentan im Focus erscheinen, um eben so schnell wieder daraus zu verschwinden; es ist fast unmöglich, sie zwischen Glasplatten festzulegen, und an getrockneten Exemplaren lässt sich so wenig bemerkenswerthes unterscheiden, dass es vor der Hand wohl nur möglich sein wird Monaden-Schwärme zu bestimmen, während die Entscheidung über vereinzelt vorkommende Individuen noch immer zweifelhaft bliebe. Dabei ist wohl zu beachten, dass Monaden-Schwärme in der Natur nur zu gewissen Jahreszeiten unter günstigen Bedingungen und selten längere Zeit hindurch an demselben Fundorte in reichlicher Menge angetroffen werden: dabei mehren sich die Erfahrungen, dass wie die blauen Blumen auch weiss und roth vorkommen, alle grünen Infusorien auch roth und farblos gesehen werden, theils im Entwickelungszustande, theils als constante Varietät in besonderen Gewässern. Nimmt man zu diesen Bedingungen hinzu, dass kein Naturforscher im Stande ist, die Veränderungen des Lebensprocesses oder von anderen Infusorien abweichender Organe bei den Monaden, Vibrionen etc. zu verfolgen, so bleibt es sehr schwer, eine Species derselben zu characterisiren, da zu dem Ende im strengsten Sinne nur die Form der Monade übrig bleibt, ein Kennzeichen, welches nicht sowohl durch die Queer- und Längstheilung, — denn diese Schwierigkeit ist zu überwinden —, sondern ebenfalls durch die vielleicht ungleichförmige Ausbildung, nur einen precairen diagnostischen Werth behauptet.

Bei dieser Lage der Dinge wird es jeder Vernünftige mit mir für vergebne Mühe erklären über den Werth der von Ehrenberg aufgestellten Gattungen und Arten zu verhandeln, bevor nicht verbesserte Instrumente oder Methoden zu einer Prüfung berechtigen, welche positive Ergebnisse zu liefern verspricht. Ohne daher irgend eine nicht erwähnte Art mehr verdächtigen zu wollen, wie es Ehrenberg selbst zuweilen schon gethan, will ich nur an Beispielen zeigen, in welcher Beziehung seit der Veröffentlichung des grösseren Infusorienwerkes sich die Fragen, deren Beantwortung erforderlich wird, verändert haben: an Beispielen, welche nach der Reihenfolge jenes Werkes unter solchen Arten ausgewählt werden müssen, deren nähere Untersuchung mir zugänglich war. —

Die erste Gattung Monas, für die nur negative Kennzeichen unterscheidend sind, mag leicht sehr verschiedenartige Thiere umfassen; welcher Triumph ist es jedoch für die Wissenschaft, das ganze Chaos infusorium Linnés bis auf einzelne Arten dieser einen Gattung erobert zu sehen! Die Monaden haben mit den übrigen polygastrischen Infusorien einen gallertartigen Körper, in welchem trübere Punkte vorkommen, gemein; dieser Körper ist nackt, nur ein einfacher Wimpernkranz oder wahrscheinlicher eine stärkere, zum Rüssel verlängerte Wimper über der Mundöffnung als Bewegungsorgan — also gleichsam das Minimum der Organisation oder desjenigen, was zu einem Thiere überhaupt erforderlich ist — und dabei der Mangel aller Merkmale, welche andere Formen kenntlich machen, als besondere Bewegung, Schwanz, Lippe, Auge etc. machen es möglich, die Monaden zu sondern. Für die Zukunft der Arten dieser Gattung giebt es zwei Möglichkeiten, indem schärfere Beobachtung vielleicht die Entwickelung einiger zu bekannten höhern Formen nachweist, oder Organe an ihnen ermittelt, welche andern Gattungen eigenthümlich sind: erst nachdem diese Beobachtungen erschöpfend durchgeführt sein werden, können für die wahren Monaden positive Kennzeichen aufgeführt werden. In diesem Sinne ist folgende Uebersicht der Gattungen zu beurtheilen:

			augenlose	einfache....................		**Monas.**
				gehäufte	durch Zusammentreten	Uvella.
		schwimmende			„ Selbsttheilung..	Polytoma.
	lippenlose		augenführende.	einfache.	mit 1—2 Rüsseln..	Microglena.
					„ vielen Rüsseln..	Phacelomonas.
schwanzlose				gehäufte		Glenomorum.
		rollende.................................				Doxococcus.
	lippenführende................................					Chilomonas.
geschwänzte.......................						Bodo.

(Monadina)

Eine Erläuterung dieser Uebersicht könnte, da dieselbe theoretisch so klar und einfach ist, nur nützen, wenn sie practisch und durch Zeichnungen erläutert wäre; ich ziehe es jedoch vor auf die schwierigsten Punkte zurückzukommen, wenn die ganze Reihe der polygastrischen Infusorien geprüft worden ist, und gehe daher zu einer Betrachtung der Arten der Gattung Monas über.

1) *Monas.* Die ersten drei Arten: [1.] M. Crepusculum, [2.] Termo und [3.] Guttula haben sich mir so zu erkennen gegeben, dass ich glaube sie wenigstens mehrfach richtig bestimmt zu haben, namentlich M. Guttula. Versuche diese Thiere durch das Zusammendrücken plangeschliffener Glasplatten festzulegen, sie anzutrocknen, zu füttern etc., habe ich nicht bis zu dem Grade von Sicherheit fortgesetzt und wiederholt, dass ein neues hinreichend verbürgtes wissenschaftliches Resultat daraus gezogen werden könnte, weil mir ein solches Verfahren zu undankbar erschien, und aus den oben dargelegten Gründen auch kaum zu Aufklärungen führen könnte. [4.] M. vivipara habe ich nicht gesehen, doch möchte sie, da die angeführte Erscheinung sich bei vielen grösseren Magenthieren beobachten lässt, ihren Speciesnamen wohl nicht mit Recht führen. [5.] M. grandis ist zu selten beobachtet, um in allen Beziehungen scharf beurtheilt werden zu können. [6.] M. bicolor ist schon von Ehrenberg selbst als zweifelhaft angeführt und auch [7.] M. ochracea verdient eine schärfere Prüfung, weil staubige Anflüge auf dem Wasser im Frühlinge so oft mit der Entwickelung anderer Formen zusammenhängen. [8.] M. erubescens und [9.] M. vinosa, wovon ich letztere allerdings häufig sah, bieten durch ihre langsame zitternde Bewegung wenig Garantie dafür, dass sie wirklich Thiere sind; oft habe ich noch bevor jener rothe Anflug erscheint, welchen M. vinosa in abgestandenen Infusionen von Pflanzentheilen bilden soll, nach lebhafter bewegten Thierchen gesucht, jedoch vergebens. Zudem ist es sehr wahrscheinlich, dass alle rothen Formen unter günstigeren Verhältnissen eine grüne Farbe annehmen, und sind daher dieselben mit anhaltender Aufmerksamkeit zu verfolgen. [10.] M. kolpoda, [11.] M. enchelys. [12.] M. umbra und [13.] M. hyalina sind mir nicht vorgekommen, Ehrenbergs eigene Angaben darüber legen jedoch die Vermuthung nahe, dass bei minder klarer Vergrösserung und ohne farbige Trübung im Wasser etc. ein oder das andere Kennzeichen an diesen Formen übersehen sein könnte. [14.] M. gliscens habe ich oft genug gesehen, ohne bei Ermittelung der Organisationsverhältnisse glücklicher gewesen zu sein wie Ehrenberg, es scheint mir jedoch, als ob sie von den wahren Monaden durch die schon von Letzterem beschriebene Theilung etc. getrennt werden müsse. Von [15.] M. ovalis und [16.] M. mica gilt dasselbe, was von den vor M. gliscens aufgeführten 4 Formen bemerkt ist und [17.] M. punctum hat ebenfalls eine Organisation, die sie von den wahren Monaden sondert. — Demnach zerfielen die 17 Punkt- und Ei-Monaden Ehrenbergs in 4 Arten M. Crepusculum, Termo, Guttula und vivipara, welche ziemlich sicher für Monaden genommen werden können 2 M. gliscens und Punctum, von denen sich vermuthen lässt, dass sie anderen Gattungen zugetheilt werden müssen, und den übrigen, von welchen es überhaupt zweifelhaft bleibt, was es für Thiere gewesen sind.

Unter den Stabmonaden, welche nun folgen, ist [18.] M. cylindrica Ehrenberg selbst verdächtig, [19.] M. Okenii schon der rothen Farbe wegen genauer zu prüfen; dass sie mit Euglenen und

3*

Ophidomonas zusammen vorkam, dient nicht dazu, ihre Selbsständigkeit fester zu verbürgen, worüber ich jedoch auf Euglena und Leucophrys verweisen muss. 20. M. deses, welche grün sein soll, in dem mir zugänglichen Exemplare von Ehrenbergs Werk aber farblos dargestellt ist, bietet gar keine Sicherheit als vereinzelt betrachtete Form; 21. M. socialis möchte doch sehr schwer von Uvella glaucoma zu unterscheiden sein; 22. M. flavicans dürfte bei schärferer Beobachtung ein Auge zeigen und wäre dann zu Uroglena oder, wenn das Auge wirklich fehlt, zu Synura zu ziehen, wie im ersteren Falle 23. M. tingens schon in Glenomorum verändert ist; von 24. M. simplex, 25. inanis und 26. scintillans gilt das oben von M. Kolpoda und den folgenden Arten gesagte.

Somit giebt es unter den 8 Stabmonaden (M. tingens bereits abgerechnet) keine einzige Form, welche ich hätte bestimmen können, oder worüber die bisherigen Beobachtungen Thatsachen ermittelt hätten, die zur Aufstellung einer bestimmt characterisirten Species den Weg bahnten.

Eine solche Kritik bedarf nicht der Wissenschaft, wohl aber den Lesern gegenüber eine Erläuterung. Nicht aus Lust zu tadeln ist sie geschrieben, nicht aus Ehrfurcht vor dem Namen Ehrenbergs unterdrückt, nur ganz eingeweihte Sachverständige, deren es sehr wenige giebt, würden sie richtig beurtheilen können. Um Andere auf den rechten Standpunkt zu stellen, bedarf es zunächst der Erklärung, dass in dem ganzen Werke Ehrenbergs bei irgend einer anderen Gattung etwas Aehnliches gar nicht wieder möglich wäre, und die Gattung Monas, welche sich, wie angeführt, durch negative Kennzeichen unterscheidet, natürlich Alles umfassen musste, wovon die Kennzeichen unter minder günstigen Bedingungen nicht beobachtet werden konnten. Was Ehrenberg zur Festhaltung dieser Formen bewog, mag neben dem Interesse, welche ihre Beobachtung in entlegenen Gegenden, in Gesellschaft von Alexander von Humboldt, und beim ersten Erfassen dieser neuen Welt, zugleich in den riesigen Fortschritten gelegen haben, welche die Auffindung neuer und die Systematik der gefundenen Formen unter seinen Händen machte. Letztere durften auch dem besonnensten Forscher für eine Reihe von Schlussfolgerungen die Bestätigung in der Natur in nahe Aussicht stellen, wovon auch nur Wenige noch auf ihre letzten Beweismittel warten. Dass während der Zeit des Sammelns und Bearbeitens jeder Beobachter an seinem Stoffe selbst sich bildet, dass sein Urtheil über schwierigere Fragen nach Beendigung eines grösseren Werkes bei weitem mehr Zutrauen verdient, wie vorher, leuchtet von selbst ein: diese Ausbildung des Beobachters ist jedoch eine allmählige, während jeder Beobachtung dieselbe wissenschaftliche Sorgfalt, jedem Berichte dieselbe treue Unpartheilichkeit gewidmet scheint. Dazu kommt, dass alle Beobachtungen mit dem Mikroscope, vor dessen letzten Verbesserungen, zu einer Zeit gemacht wurden, wo man noch sagen konnte, Jeder sah durch dieses Instrument, was er wollte, und Jeder etwas Anderes; zu einer Zeit, wo es vor allen Dingen galt, diesem Instrumente den Credit zu verschaffen, welchen es gegenwärtig durch die mühvollen Untersuchungen geschickter Beobachter mit vollem Rechte in Anspruch nehmen darf. Es musste bewiesen werden, dass die Täuschungen Anderer, bei geeigneter Sorgfalt vermieden werden könnten, und es war besser keines der Resultate, welche dadurch geliefert waren, irgend einem Zweifel bloszustellen. Jetzt ist für die streitigen dasselbe Verhältniss eingetreten, in welchem Ehrenberg von den Beobachtungen O. F. Müllers sagt, dass, ob ihnen die identische Form zum Grunde lag oder nicht, nie mehr wird sicher zu entscheiden sein, weil Instrumente und Methoden sich bis zu dem Grade verbessert haben, dass Manches mit Sicherheit getrennt werden kann, was früher aus Mangel an Unterscheidungszeichen zusammenfallen musste. — Für die Wissenschaft wäre es daher jedenfalls ein Gewinn, die oben als zweifelhaft bezeichneten Arten, obgleich sie nach allen Anforderungen, welche in dieser Beziehung zu machen waren, aufgestellt sein mögen, dagegen aber sich der Kreis der Hülfsmittel, welche der Beobachter anwenden kann, erweitert hat, ganz fallen zu lassen, da an ein Wiederfinden derselben Formen in jenen Gegenden schon deshalb nicht zu denken ist, weil sie unter den stärkeren Vergrösserungen doch jedenfalls einen anderen Eindruck machen würden, wie die Abbildungen auf Ehrenbergs erster Tafel.

Man halte diese Erörterung auch nicht für eine müssige. Mit den Monaden beginnt für uns die Reihe der Thiere, so viel wir wissen, freilich nur der Grösse nach; sie scheiden sich jedoch von ihren verwandten Gattungen durch negative Kennzeichen ab, und es giebt allerdings einen Unterschied, ob wir in diese Categorie 4 - 6 Arten zusammenstellen müssen oder 25. — Von zwei verschiedenen Ansichten über den Thierorganismus, wo nach der einen: zu jedem Thiere ein gewisser Complex von Apparaten und Functionen gehört, nach der anderen: auch das Thier, wie die Pflanze von einem einfacheren Baue allmählig in der organischen Reihe zu einem zusammengesetzteren aufsteigt, passt eine grosse Arten Zahl zu dem Begriff der Gattung Monas schwerlich bei letzterer, wenn es je dahin zu bringen ist, dass eine natürliche Systematik im Gegensatze zu einer künstlichen, wie bei den Pflanzen, sich bis auf die Gattungen und Arten durchführen lässt.

Wer einen Zeitraum hindurch sich auf den übrigen Seiten des Ehrenbergischen Werkes über die Infusorien Belehrung suchend beschäftigt hat und zu Monas zurückkehrt, sollte glauben, diese Gattung sei von einem anderen Verfasser bearbeitet, so sehr sticht alles Spätere durch Klarheit und Schärfe in ähnlicher Weise dagegen ab, wie die erste Tafel des Atlasses gegen die folgenden. Diese Verschiedenheit ist aber vollkommen naturgetreu: jedem Beobachter, dem es nicht einzig und allein um Systeme und Klassen zu thun ist, wird sich dieselbe Vorstellung aufdrängen, wenn er von einem Gebiete auf das andere hinüber streift, als ob er bei der Gattung Monas aus hellem Tageslichte plötzlich in Dämmerung gerathe, und die Ursache liegt offenbar allein in der Blödigkeit unserer Sinne. Gleich die beiden folgenden Gattungen 2) *Uvella* und 3) *Polytoma* zeigen den Beweis, durch die sichere Unterscheidung so kleiner und sich so ähnlicher Formen in überraschender Weise; hier fehlt offenbar nur eine sorgfältige Prüfung bestimmt vorhandener Thierformen, um noch höchstens über die Stellung einer oder der anderen Art zu diesen Gattungen zu entscheiden.

4) *Microglena*. Augenmonade. Ein besonderes physiologisches Interesse nimmt diese Gattung in mancherlei Beziehung in Anspruch: sie eröffnet zunächst eine ganze Reihe gefärbter Thiere, welche nie farbige Nahrung aufnahmen, dagegen in ihrem Innern ähnliche Blasen erkennen lassen, wie bei grösseren oft mit Wasser erfüllt vorkommen: dann ist es die erste Form, welche einen rothen Punkt (als Auge) zeigt, dessen Bedeutung so vielfach bestritten worden ist, und endlich ein constanter dunkler Körper in der Mitte des Leibes auf ein bestimmtes Organ, dessen Bedeutung Ehrenberg als zu den Geschlechtsorganen gehörig ausgesprochen hat. In jeder dieser Beziehungen möge es hier genügen, dass der Verfasser die M. monadina einer sorgfältigen Prüfung unterwerfen konnte und das constante Vorkommen des rothen Punktes und dunkleren Organes bestätigte; eine Besprechung dieser Verhältnisse soll jedoch bei einer der folgenden Gattungen nachgeholt werden, um hier die Angaben von Kützing zu prüfen, nach welchen diese Form aus einer confervenartigen Alge hervorgehen und sich wieder dazu verwandeln soll.

In einer Abhandlung: „Ueber die Verwandlung der Infusorien in niedere Algenformen" (Nordhausen 1844) behauptet Professor Kützing zunächst in der Vorrede, eine scharfe Grenze zwischen niederen Thieren und Pflanzen zu ziehen sei nicht möglich, darum solle man lieber gar keine annehmen, da es der gesunden Vernunft nicht widerstreite, dass beide gemeinschaftliche Anfangspunkte hätten etc., führt sodann (p. 2) eine Reihe Beobachtungen über Beweglichkeit einiger Algenkeime und Saamenfäden an, die sehr schwer mit dem folgenden in vernünftigen Zusammenhang gebracht werden können, und bestreitet ganz im allgemeinen das Vorhandensein thierischer Charactere bei den meisten von Ehrenbergs Polygastricis, behauptet, aus diesem Grunde habe Ehrenberg auf die Vermehrung durch Theilung so grosses Gewicht gelegt und stellt dieser Theilung (der Individuen) die Theilung der Algenzellen (die doch Elementartheile desselben Individuums zu bleiben pflegen) als gleichbedeutend gegenüber. Vermisst man in dieser Einleitung hin und wieder eine ruhige Klarheit und findet mancherlei, was offenbar gar nicht zusammengehört, in einem Athem genannt, so würde in einer Einleitung darauf wenig Gewicht zu legen sein, wenn aber Professor Kützing (p. 5) anführt bei Navicula, Closterium etc. habe Ehrenberg die Aufnahme von Indigo in die Magenzellen beobachtet, und dieser Beobachtung seine Behauptung: „aber diese Färbung kann ebensowol durch mechanischen Einfluss stattfinden," entgegengestellt, so kann derselbe dadurch nur sich und seinen Beobachtungen schaden, und es spricht sehr für die angefochtenen Ansichten Ehrenbergs, dass statt mit Thatsachen und Gründen, mit Behauptungen dagegen zu Felde gezogen wird. Dann heisst es: Bis dahin war nur Streit darum gewesen:

1) „Ob die beweglichen Algenkeime wahre Infusorien seien oder nicht?" Das erstere ist nach meiner Ansicht von keinem Naturforscher, der ein klares und genügendes Mikroscop zur Verfügung hatte, je behauptet.

2) „Ob diese oder jene Organismen (Closterien, Desmidieen etc.) zu den Thieren oder Pflanzen gezählt werden müssten?" Darüber findet sich in der in Rede stehenden Schrift nicht der geringste Aufschluss.

3) „Ob sich niedere Algen oder andere Pflanzen aus Infusorien entwickeln könnten?" Ein solcher Streit ist meines Wissens, wenn von einer directen Entwickelung, ohne vorherige Auflösung in formlosen Stoff die Rede sein soll, nie geführt worden, er ist von Professor Kützing zum ersten Male und hoffentlich zum letzten Male auf solche Beobachtungen gestützt in die Wissenschaft eingeführt. — Die folgende Beobachtung soll diesen angeblichen Streit entscheiden:

Confera zonata W. & M. (= Ulothrix zonata Ktzg.) zeigte am 8. Mai 1842 bewegte grüne Körperchen in den Zellen, welche einen rothen Augenpunkt und eine Mundöffnung, wie die Monaden, hatten; später 1844 wurde auch das fadenförmige Fühlorgan (?) gesehen. K. behauptet, diese Körper hätten sich mit der Mundstelle angesetzt (gleichsam festgesaugt) und wären zu jungen Individuen der Ulothrix zonata ausgewachsen. In der angeführten Schrift heisst es: „ich habe mich auf das Bestimmteste überzeugt, dass die Microglena monadina Ehrbg. wirklich mit diesen Körperchen identisch ist; " »auf die Abbildung in seiner Phycologia generalis verweisend. Dort befindet sich auf Tab. 80 dieser Vorgang abgebildet, im Texte heisst es jedoch daselbst bei Ulothrix zonata (p. 252): „Diese beweglichen Körperchen vermag ich nicht von der Infusoriengattung „Microglena zu unterscheiden, und sie sind vielleicht mit Microglena monadina Ehrenb. identisch. Diese Annahme scheint „mir um so wahrscheinlicher, da dieselbe nach Ehrenb. unter „Conferven" vorkommen soll." Die Abbildungen auf Tab. 80 seiner Phycologia generalis zeigen einzelne Fäden der erwähnten Alge, nebst jenen grünen Körnchen mit einem rothen Punkte in verschiedenen Vergrösserungen; Kützing giebt die Grösse dieser Körnchen, was allerdings auffallen muss, gar nicht an, in der 420fachen Vergrösserung auf Tab. 80. Fig. 11 messen in seiner Zeichnung die ausgetretenen rundlichen Körnchen etwa 1 Pariser Linie und wären demnach in der Wirklichkeit $\frac{1}{420}'''$, gegen Microglena monadina, die $\frac{1}{60}'''$ gross ist, also siebenmal kleiner. Wenn durch diesen Umstand Andere in der Meinung von der Identität dieser Körperchen mit Microglena monadina befestigt werden, so wird Professor Kützing das nicht unbillig finden, so wenig wie die Frage, was denn ausser der grünen Farbe und dem rothen Punkte bei so verschiedener Grösse noch Uebereinstimmendes an beiden zu finden sei? Nach Ehrenberg unterscheidet sich Microglena monadina bestimmt durch eine dunklere, bandförmig platt-gedrückte und hufeisenförmige gebogene Drüse im mittleren Theile des Körpers, von dieser fast dem Querdurchmesser des Thieres gleichkommenden Drüse ist jedoch bei Kützing weder in der Beschreibung die Rede noch selbst in den 1800fach vergrösserten Abbildungen (Tab. 80 Fig. 15) etwas zu bemerken. In der erwähnten Abhandlung: „Ueber die Verwandlung der Infusorien etc. wird noch erwähnt 1844 also nach zweijähriger Beobachtung sei auch: „das kleine fadenförmige Fühlorgan (?) beobachtet, was die Vermuthung nicht eben ausschliessen lässt, es könne noch ein zweites der Art vorhanden gewesen sein. Endlich gehört Microglena zu den Monadien, deren Körperform beständig ist, die von Kützing abgebildeten Algenkeime zeigen aber sehr verschiedene Formen. — Somit stellte sich folgendes Verhältniss heraus: Ehrenberg bestimmte ein grünes Infusorium mit Augenpunkt und 1 Rüssel von beständiger fast kugeliger Körperform mit einer mittleren Drüse $\frac{1}{60}'''$ gross etc. — Kützing beobachtete in einer Alge grüne Körperchen mit Augenpunkt (?) und Rüssel (?) von veränderlicher Körperform, ohne mittlere Drüse und $\frac{1}{420}'''$ Grösse. — Welches Zutrauen verdient ein Beobachter, der sich „auf das Bestimmteste von der Identität beider Körperchen überzeugt hat!" und fortfährt: „So war denn nachgewiesen, dass es bewegliche Algenkeime gebe, welche Ehrenberg selbst für Thiere erklärt hat."

Hier könnte die Beziehung jener Schrift zu Microglena erlöschen, die Wichtigkeit des Gegenstandes erheischt jedoch eine Betrachtung des ganzen Inhaltes derselben, welche daher lieber hier im Zusammenhange folgen möge, statt bei Chlamidomonas wieder aufgenommen zu werden.

Nachdem Professor Kützing (pag. 6) durch Erwähnung der Beobachtungen Ungers an den Vaucheria-Sporen sich zu dem Ausspruche berechtigt glaubt: „So wären denn auch Bewegungsorgane bei den Algenkeimen nachgewiesen." Folgen vier Citate von Gruithuisen, C. G. Nees von Esenbeck, Hornschuch und Cassebeer, die gewiss kein Vernünftiger mehr unterschreiben würde und die Geschichte eigener, früher von K. mit mangelhaftem Mikroscope angestellter, daher zweifelhafter Beobachtungen. Später sah K., dass die protococcoidischen Elementarformen auch unter der schärf-sten Vergrösserung manchen Monaden so ungemein ähnlich waren, dass sie sich wirklich nicht von denselben unterscheiden liessen. Ausführlicher stellt dann K. die Geschichte der Ansichten über den rothen Schnee und Haematococcus pluvialis etc. zusammen, erwähnt mancher Einwürfe, die dieselbe gegen Ehrenbergs Deutung verschiedener Organe bei Magenthieren gemacht sind, und folgert aus dem historischen Bericht: „dass man diese fraglichen Bildungen ebensowenig mit Bestimmtheit zu den „Thieren als zu den Pflanzen zählen könne, und dass die Annahme in jeder Beziehung gerechtfertigt erscheint, wenn man „hier einen unmittelbaren Berührungspunkt beider organische Reichen anerkennt und den unmittelbaren, durch gewisse Ent-„wickelungsverhältnisse begründeten Uebergang aus dem einen in das andere zugiebt." Für letztere Ansicht möchte es Pro-fessor Kützing doch vielleicht schwer werden, Anhänger zu gewinnen, da jene Unentschiedenheit und Verwirrung doch wohl nur in der bis jetzt so seltenen und mangelhaften Beobachtung jener Körperchen begründet sein möchte. Allerdings wird noch mancher Tag vergehen, bevor, was oft erforderlich, die fraglichen Bildungen während eines ganzen Jahres durch alle Entwickelungsstufen aus den verschiedenen Vermehrungsweisen, mit den möglichen Abänderungen nach Grösse, Form und Farbe etc. verfolgt, und zwar unter Anwendung aller Hülfsmittel, welche gegenwärtig einem geübten Beobachter zu Gebote stehen, verfolgt sind. So auffallende Erscheinungen, wie der rothe und grüne Schnee dürften jedoch überhaupt nur zugänglicher sein, um gleich darüber in's Reine zu kommen, wie im weiteren Verfolg dieser Studien noch nachzuweisen versucht werden soll. (Vergl. Euglena sanguinea). Mit grosser Wahrscheinlichkeit lässt sich aber schon jetzt vermuthen, dass der angebliche durch gewisse Entwickelungsverhältnisse begründete unmittelbare Berührungspunkt beider Reiche, wie ein scheues Gespenst, je weiter die Forschung dringt, um so tiefer in das unseren bewaffneten Sinnen unzugängliche Gebiet von Monas Crepusculum etc. wird flüchten müssen.

Kützing liefert dann eine Reihe Beobachtungen über Chlamidomonas Pulvisculus Ehrenbergs, um jene Behauptung dadurch zu beweisen. Den Kern dieser Berichte bilden ausser der Beschreibung dieses Thierchens und seiner Vermehrung durch Theilung folgende Stellen (p. 14): „Gleichzeitig bemerkte ich aber auch noch den Anfang eines confervenähnlichen Gebildes, welches mir aus diesen Thierchen hervorgegangen zu sein schien, denn es trug im Innern seiner Zellen „auffallende Merkmale, welche man auch bei den ruhenden und beweglichen Thierchen erkennen konnte . . . .‟ und (p. 16): „Es war klar, dass alle diese . . . . angeführten Körperchen eben auch nur Modificationen der Chlamidomonas Pulvisculus waren „. . . .‟ und (p. 18): „Die Entstehung einer niederen fadenförmigen Algenbildung aus den Ueberresten der Chlamidomonas, „welche bei der vorigen Beobachtung nur angedeutet war, stellte sich hier in entschiedener Klarheit dar etc.‟ Zwischen diesen Behauptungen sind die Resultate einzelner Beobachtungen einer geschöpften Quantität von Chlamidomonas Pulvisculus etc., welche längere Zeit im Zimmer aufbewahrt worden, und wodurch nachgewiesen wird, dass mit und nach Chlamidomonas andere Gebilde in solchen Infusionen vorkommen, erzählt, weder aus den Berichten noch aus den Abbildungen lässt sich jedoch ein Uebergang der verschiedenen Gebilde in einander entnehmen, denn das Einzige, was dazu verleiten könnte, die Aehnlichkeit in Form, Grösse und Farbe, kann Niemanden täuschen, der nur einigermaassen in diesen fraglichen Bildungen bewandert ist und weiss, welche Mühe es oft kostet, bestimmt verschiedene Wesen, selbst wenn man sie nebeneinander beobachten kann, auch bestimmt als verschieden zu erkennen. Dennoch genügt K. das Angeführte zu dem Schlusse: (p. 20) „Dass die Chlamidomonas Pulvisculus gar vielfacher Veränderungen fähig ist, dass sich aus ihr eine entschiedene „Algenspecies, Stygeoclonium stellare, entwickelt‟ — wofür auch nicht der geringste Beweis beigebracht worden ist — „dass aber auch noch andere Bildungen aus ihr hervorgehen, welche ebenfalls einen entschiedenen Algencharacter an sich „tragen, obgleich sie zum Theil der äusseren Form nach auch für ruhende Infusorienformen in Anspruch genommen werden „können‟ — was offenbar dieSache gerade so zweifelhaft lässt, wie sie vor den Untersuchungen Kützings war. — Der ausgesprochene Satz, „dass an den Grenzen der beiden organischen Reiche keine scharfe Trennungslinie „gezogen werden kann‟ — bleibt daher freilich in seiner alten Kraft, dass aber: „vielmehr die niederen Formen beider „Reiche unmittelbar in einander übergehen‟ — hat keine neue Bestätigung erhalten!

Gern würde ich damit diesen Gegenstand verlassen, wäre nicht die Sache zu wichtig, um auch denjenigen Lesern nähere Aufschlüsse darüber erwünscht scheinen zu lassen, welche nicht selbst in mikroscopischen Beobachtungen geübt sind. Letztere werden natürlich verwundert fragen, was Kützing, der über Algen und Infusorien doch schon so manche Arbeit geliefert, denn beobachtet habe und wie es anderweitig zu versuchen sein möchte, bestimmtere Aufschlüsse über die Natur solcher fraglichen Bildungen zu erlangen? In den meisten ähnlichen Fällen würde eine Beantwortung dieser Fragen ganz unmöglich sein: bei einem Beobachter, von dem so viele Bearbeitungen vorliegen, welche allenthalben vorkommende und bestimmt zu erkennende Gegenstände betreffen, lässt es sich versuchen, für das Beschriebene und Abgebildete, Beides als wirklich beobachtet angenommen, eine entsprechende Auslegung zu finden und die Mängel der Untersuchungsmethode anzudeuten.

Kützing führt in derselben Abhandlung sowohl beim rothen Schnee, wie beim Haematococcus pluvialis die Thatsache an, dass oft dieselben mikroscopischen Objecte grün und roth vorkommen, so wie die Behauptung von Morren, die sogenannten rothen Augenflecke der Infusorien könnten nicht Sehorgane sein, weil sich mitunter das Roth vom sogenannten Auge aus über den ganzen Leib verbreiten könne.; Ehrenberg giebt von Englena sanguinea und anderen rothen Thierchen ebenfalls an, dass sie ganz oder zum Theil auch grün vorkommen, hält aber die grünen Formen für Jugendzustände. Zahlreiche Beobachtungen und Versuche haben mich zu der entgegengesetzten Ueberzeugung geführt. Wie im Pflanzenreiche die Färbung der Blätter etc. vorzugsweise von Licht und Wärme abhängt, so auch bei diesen Geschöpfen; im Dunkeln bleiben sie farblos; im Winter, Frühling und Herbst so lange es kalt ist, der Tag nicht länger als die Nacht und der Stand der Sonne niedrig ist, sind sie anfangs roth und werden meistens von aussen nach innen grün; im Sommer sind sie gleich grün und verändern diese Farbe nur indem sie dunkler werden. Nun beobachtet K. am 8. Mai eine Alge, welche Brutkörner ausschüttet, die aussen grün, innerlich einen rothen Punkt zeigen und eine (?) Wimper führen; diese Körner wachsen zu jungen Fäden derselben Alge aus. Die Pflanze zeigt im Zimmer in einem Gefässe mit Wasser nach 8 Tagen, — wo es also wärmer und heller im Ganzen geworden, was in der Mitte des Monats Mai von so entschiedenem Einflusse ist, und die Alge im Zimmer und in einem Gefässe mit Wasser noch wärmer und vermuthlich dem Lichte zugänglicher aufbewahrt war — dieselben Körner schon in den Gliedern der Mutterpflanze, ohne rothen Punkt, zu jungen Pflänzchen ausgewachsen. Statt nun hieraus zu schliessen, dass jener rothe Punkt eine vorübergehende Färbung sei, worauf die Beobachtung doch so deutlich hingewiesen, nimmt K. dieselben für identisch mit den Augenpunkten der Magenthiere, zieht daraus die erwähnten Folgerungen und bestreitet doch, was dann kaum noch Sinn hat, die Analogie jener Punkte mit dem Auge höherer Thiere. — Indess ist durchaus nicht in Abrede zu stellen, dass solche Täuschungen auch von geübten Beobachtern oft nicht mit Sicherheit zu vermeiden sind; die nächste Anforderung bleibt jedoch, dass der Beobachter so viel ähnliche oder gleiche Formen und Organe unter denselben Verhältnissen untersucht, wie möglich ist. Hätte K. zum Vergleiche Infusorien mit wirklichen Augenpunkten, z. B. nur die Chlamidomonas Pulvisculus, welche ja in dem Teiche vor seiner Wohnung zu finden war, beobachtet, so würde zwischen dem Roth dieser Punkte und demjenigen in den Brutkörnern der Ulothrix ein ähnlicher Unterschied sich gezeigt haben, wie zwischen dem Blau des Veilchens und dem des Vergissmeinnichts so leicht erkannt wird, (daher K. auch später bei Chlamidomonas den rothen Augenpunkt matt nennt); bei stärkerer Vergrösserung würde jenes gleichmässig gefärbt, dieses höchst wahrscheinlich körnig erschienen sein. Die Brutkörner der Ulothrix würden sich auch wohl durch andere Merkmale von der Microglena unterschieden haben, ihr rother Punkt würde in auf Glas angetrockneten Körnern sehr bald und schneller wie bei Chlamidomonas Pulvisculus verblichen sein, beim Antrocknen würden jene vermuthlich eine doppelte Wimper haben erkennen lassen, während Microglena nur einen Rüssel führt, und die äussere Haut der Brutkörner wahrscheinlich viel schwärzere und bestimmtere Umrisse behalten haben, wie ähnliche Infusorien. Entscheidend wäre aber der Versuch mit wirklicher Microglena monadina, welche im Mai eben nicht schwer zu finden, gewesen, wenn beide Objecte unter Ersatz des verdunstenden Wassers einen Tag in der Sonne gelegen hätten, wo der rothe Punkt in den Brutkörnern der Alge verschwunden, das heisst grün geworden, bei Microglena dagegen unverändert geblieben sein würde. Dass jene Brutkörner unmöglich mit einem angeführenden Infusorium identisch gewesen sein können, ergiebt sich noch auf das Bestimmteste aus K. Phycologia generalis Tab. 80 Fig. 15 a und b; bei allen angeführenden Magenthieren entsteht ein zweiter Augenpunkt bei der Längstheilung neben dem ersten, bei der Quertheilung in der hinteren Hälfte unter dem ersten. In Fig. 15 b ist aber trotz der Verlängerung der Zelle nur ein Punkt und dieser in der Mitte und wandständig angegeben; in Fig. 15 a dagegen hat die Einschnürung zwischen den beiden Zellen begonnen und die rothen Punkte liegen beide der Verbindungsstelle am nächsten. Sowohl das Erstere wie das Letztere kann bei angeführenden Infusorien, die sich theilen, gar nicht vorkommen, und K. selbst hat das in der erwähnten Abhandlung bei Chlamidomonas Pulvisculus ganz richtig erkannt und abgebildet.

Die Untersuchungen über die erwähnte Chlamidomonas Pulvisculus, welche K. zur Veröffentlichung dieser Abhandlung über „die Verwandlung der Infusorien in niedere Algenformen" vorzüglich veranlasst zu haben scheinen, lassen in Hinsicht jener vergleichenden Methode, welche so eben bei Ulothrix zu empfehlen hinreichende Veranlassung vorlag, nicht minder zu wünschen übrig. K. findet in den letzten Tagen des Mai eine grüne Haut auf dem Teiche vor seiner Wohnung, welche sich alljährlich dort einstellt und durch Chlamidomonas Pulvisculus gebildet wird. — Schon diese Behauptung zeugt davon, dass K. entweder etwas verschwiegen oder übersehen hat, denn eine solche grüne Haut auf einem Teiche, welche ausschliesslich aus einem Infusorium gebildet würde, kommt wohl nie vor. K. weist in seinen Schriften oft genug darauf hin, dass dieses Anhäufen solcher Bildungen an der Oberfläche des Wassers durch Gas-Entwickelung bedingt ist, welche durch intensives Sonnenlicht so gesteigert wird, dass auch sonst ruhende Algen dadurch emporgehoben werden, und auch solche waren gewiss am Grunde des Teiches vorhanden, ganz abgesehen von den farblosen Infusorien, Räderthieren den Entomostraceen etc., die gewiss nicht gefehlt haben. Zur Entscheidung einer so wichtigen Frage war aber eine sorgfältige Aufzählung der ganzen Flora und Fauna jenes Teiches, die in Betracht kommen konnte, ein unerlässliches Erforderniss, namentlich musste zu ermitteln gesucht werden, was auf dem Grunde desselben, woher die ganze Haut gekommen war, zu finden sei. — Es wird etwas von der grünen Haut in ein Cylinderglas geschöpft und sogleich untersucht; Chlamidomonas Pulvisculus zeigt sich in verschiedenen Zuständen der Theilung mit Augenpunkt, Rüssel etc. Aber auch noch ein confervenähnliches Gebilde, welches aus jenen Thierchen hervorgegangen zu sein scheint, findet sich vor. In der Zeichnung misst dieses ohne Augenpunkt und Rüssel dargestellte 420fach vergrösserte Gebilde 15‴ jene Thierchen höchstens 2‴, war also mehr wie siebenmal so lang, und um, ohne irgend einen Uebergang nachzuweisen, anzunehmen jenes Gebilde sei aus den Thierchen hervorgegangen, weil es im Innern seiner Zellen auffallende Merkmale, die durchaus nicht näher angegeben werden, trug, entbehrt jeder wissenschaftlichen Berechtigung. — Jene grüne Haut wird durch Gewitterstürme etc. zerstreut und zerstört (?), zeigt sich auch an den folgenden Tagen nicht wieder, und daher ist K. mit seinen Beobachtungen allein auf das eingeschöpfte Wasser beschränkt. — Sollte denn ein so erfahrener Beobachter nicht wissen, dass trotz jener Gewitterstürme am Rande des Wassers in jeder Ecke und Bucht oder an jeder Wasserpflanze und namentlich im Bodensatze sich dieselben Thierchen in grösserer Menge wieder hätten auffinden lassen, als zu mikroscopischen Präparaten erforderlich ist. K. gesteht, dass eine absichtliche Veränderung der Localität die fernere Entwickelung der niederen Organismen modificire, scheint aber andeuten zu wollen, dass eine Abweichung nicht sowohl in der Art der Entwickelungsstufen, als vielmehr in ihrer Folge einzutreten pflege und behauptet, dass dieselben daher leichter und sicherer in die Augen fallen. — Man findet jedoch durchaus keine Rechtfertigung dieser Ansicht und andere Beobachter klagen, dass bei den ins Zimmer gestellten Infusorien die Entwickelung mit der in der freien Natur durchaus nicht Schritt halte, selbst wenn in der günstigsten Zeit des Frühlings und Herbstes die Zimmer nicht geheizt werden. Im Winter und Sommer dagegen sterben eine Menge Thiere in jeder solcher Infusion sehr bald ab, namentlich im Sommer, wenn die Menge der Thierchen im Verhältniss zum Wasser sehr gross ist oder sich rasch vermehrt, es entstehen neue Bildungen, die aber vielfach verkümmert und krüppelhaft sich kaum classificiren lassen und nur die Beobachtung verwirren, wie Ks. Aufzählung dieser Gebilde nachher ebenfalls darthut; später folgt ein oft sehr schnell vorübergehendes Faulen des Wassers, wonach dasselbe die in jeder Infusion gemeinen Thierchen aufweist. Solches Wasser in Gläsern im Zimmer aufbewahrt, eignet sich im Sommer gar nicht und zu anderen Zeiten nur wenige Tage zu Untersuchungen, welche so oft es möglich, an frisch geschöpften Mengen genau wieder verglichen werden müssen, ohne letzteres jedoch allen Werth einbüssen. — K. will nun die Veränderungen verfolgen und macht während 56 der längsten Sommertage — staune o Leser! — sechs Beobachtungen. — Da jedoch bei diesen Beobachtungen mitunter schwimmende Flocken und Gebilde vom Rande des Wassers erwähnt sind, so können vielleicht jedesmal zwei Tropfen des Wassers untersucht sein, darüber wird indess weder etwas erwähnt noch scheint jemals etwas vom Grunde des Gefässes genommen zu sein, von wo doch alle Körner, die zu Algen auswachsen, zu kommen pflegen.

Da diese Geschichte derselben jenen sechs Beobachtungen einen wissenschaftlichen Werth zuzusprechen nicht gestattet, so würden sie hier füglich ganz übergangen, nur die Art, wie sich K. die erforderlichen Brücken baut, muss noch näher ins Auge gefasst werden: Pag. 16 liest man: „Es war klar, dass diese Formen nur Modificationen der Chlamidomonas Pulvisculus waren" und darin konnte K. ganz recht haben; es waren dann in der Theilung begriffen abgestorbene Individuen, deren äussere Haut nach dem Tode aufgequollen ist; dass aber auf dieses mehr oder minder Aufquellen die grössere Nähe oder Entfernung von der Oberfläche des Wassers von Einfluss sein könnte, ist nicht einzusehen. K. behauptet jedoch nicht nur dieses, sondern auch weiterhin, „dass atmosphärische Luft, welche durch Wasserdünste sehr verdünnt ist, der „Verdichtung der Zellmembran nicht günstig sei etc." Abgesehen davon, dass mancher Naturforscher sich vielleicht den Begriff: „eine durch Wasserdünste sehr verdünnte Atmosphäre" nicht gleich wird klar machen können, wäre doch selbst bei in der Luft wachsenden Pflanzen und Thieren eine besondere Einwirkung derselben keineswegs unbedingt zuzugestehen, bei im Wasser lebenden Organismen dieselbe anzunehmen, ist jedoch völlig absurd. K. bedarf aber, um seine Ansicht leichter plausibel zu machen, wie es scheint eines Grundes, wodurch es möglich wird, dass jene aufgequollene Haut sich bald verdichten, bald auflockern oder auch ganz auflösen könne, nimmt daher eine fortschreitende und rückschreitende Metamorphose in Folge jener Einwirkung nicht allein für die äussere Haut, sondern auch gleich mit für den Inhalt derselben an, und sagt dann: „Von der Entwicklung der äusseren Zellenhülle hängt übrigens ab, ob diese Elementarkörperchen ein bloss rein vege-„tatives, oder ein animalisch-infusorielles Leben führen etc." Ein solches Verfahren richtet sich ohne Zweifel selbst! — wenigstens bleibt durchaus keine Annahme übrig, wofür sich nicht eben so triftige Gründe erdenken liessen.

Wer nach allem diesen in dem der Abhandlung beigefügten Schlussworte liest:
„Schleiden meinte, dass es sich hiebei nicht um Thatsachen, sondern um richtige Deutung derselben handele," wird das nicht für Sophisterei erklären, sondern wahrscheinlich Schleiden Recht geben. „Wo die Thatsachen so klar und deutlich sprechen, fährt K. fort, wie — und nun folgen in umgekehrter Ordnung aufgezählt:
1) bei Chlamidomonas Pulvisculus, wo wie oben gezeigt, K. bei sehr unregelmässigen, vereinzelten, unvollständigen Untersuchungen nichts, was auf einen Zusammenhang der Thiere und Algen schliessen liesse, nachgewiesen hat;
2) bei dem rothen Schnee und Hämatococcus pluvialis, worüber noch durchaus keine Klarheit in den Berichten herrscht;
3) bei den Keimen der Vaucheria clavata, worüber Unger selbst in seinen letzten Mittheilungen die nöthigen, der Ansicht Ks. durchaus ungünstigen Aufklärungen gegeben hat;
4) bei der Ulothrix zonata und Microglena monadina, welche K., wie nachgewiesen, in einen gar nicht existirenden Causalnexus gezwängt hat etc., — und doch wird mancher Leser sowohl die Klarheit und Deutlichkeit als auch die Thatsachen gänzlich vermissen. — Von allem diesen liesse sich jedoch ohne Zwang annehmen, dass K. es in gutem Glauben und fester Ueberzeugung niedergeschrieben. Wenn aber auch hier am Schlusse noch angeführt wird:
5) wie bei den Spirillen der Charen — so verdient das eine ernstliche Rüge. — Pag. 3 führt K. die Samen-thierchen von Sphagnum, Chara und Marchantia als in dieses Gebiet gehörig an, pag. 6 heisst es: „Schon früher hatte »Ehrenberg aber auch geäussert, dass die beweglichen Fäden in den sogenannten Pollenfäden der Charen vollkommen der »Gattung Spirillum glichen." In der Note wird aber nicht auf Ehrenbergs Infusorienwerk verwiesen, in welchem im Nachtrage zu der Gattung Spirillum die Aehnlichkeit erwähnt wird, aber mit dürren Worten dabei gesagt ist, dass Ungers Species Spirillum Bryozoon unhaltbar sei, und wo im Nachtrage zur Familie der Monadinen am Schlusse gesagt ist: „Schon »Werneck hat dieses (Spirillum Bryozoon) zurückgewiesen und sie nicht für Infusorien, sondern für geschwänzte Samen-»thierchen erklärt. Auch das Letztere ist aber aller Wahrscheinlichkeit nach nur eine äussere Aehnlichkeit ohne alle »Beziehung auf die innere, wahre Natur dieser Körperchen. Wo keine Organisation nachzuweisen, fehlt es jedem Urtheil über »Aehnlichkeit mit Thieren am ersten und wichtigsten Grunde," — sondern auf Fritzsche's Abhandlung über den Pollen, und doch wird hier unter den »Thatsachen« auch von den: »Spirillen der Charen« gesprochen. Man muss hier schon einen Flüchtigkeitsfehler bei einem so wichtigen Thema zugeben, sonst würde ein solches Verfahren seines Zusammen-hanges entkleidet einer wissenschaftlichen Perfidie bei weitem ähnlicher schon, wie die Brutkörner der Ulothrix zonata der Microglena monadina. —

Obgleich obige Erörterung so zu halten versucht ist, dass dem unbefangenen Leser kein Zweifel bleiben kann, sie sei einzig und allein gegen den Irrthum gerichtet, welchen K. in die Wissenschaft einzuführen versucht hat, so fallen doch hin und wieder Streiflichter auf den Urheber, seine Beobachtungen und Schlussfolgerungen, welche nach diesem Beispiele auf andere Arbeiten Ks. übertragen, zu einem höchst ungerechten Urtheile verleiten könnten. Muss es indess in solchen Fällen von der Wichtigkeit des gesäeten Irrthums abhängen, ob der Urheber desselben Scorpione oder Drachen erndtet, so konnten hier die Waffen gar nicht scharf genug gespitzt sein, auch wenn sie dadurch verwundender werden mussten. Die Leser aber, welche die Ausführlichkeit dieser Erörterung zu ermüden drohte, bitte ich mich mit der Ueberzeugung zu trösten, dass die alten ehrwürdigen Grenzen zwischen dem Thier- und Pflanzenreiche unangefochten dastehen, und es sich höchstens um den Austausch dieser oder jener Enclave handelt.

In der Familie der Monadinen erkennen wir also das thierische Leben in verschiedenen, jedoch so kleinen Formen, dass physiologische Untersuchungen derselben mit mehr Schwierigkeiten und Unsicherheit verbunden bleiben, als dass die im glücklichsten Falle mühsam zu erlangenden Resultate dankbar sein könnten. Dennoch gebührt dem Auftreten derjenigen Organe, welche bei den grösseren Magenthieren, weil sie constant vorkommen, eine entsprechende Function haben müssen, die schärfste Aufmerksamkeit, wenn auch nur ihre Form und Grösse erkannt zu werden vermag. Als solche Organe sind bereits ein fadenförmiger Rüssel, der rothe Augenpunkt und eine dunklere Drüse (?) so eben bei Microglena monadina erwähnt; ausser dieser bemerkt man trübere und hellere, meistens in allen Lagen des Körpers rund erscheinende und daher kugelförmige Stellen, welche theils verschluckter Nahrung entsprechen, theils mit Wasser erfüllt sind, oder periodisch zu verschwinden pflegen etc. Sämmtliche Organe der Art lassen sich ohne Schwierigkeit in der Familie der Monadinen nachweisen, und demnach ihr Vorhandensein bei den übrigen der Beobachtung minder zugänglichen oder grössere Schwierigkeiten darbietenden Arten, sofern sie mit Recht zu dieser Familie gezogen sind, mit der grössten Wahrscheinlichkeit voraussetzen. Ich füge der Vollständigkeit wegen meine Ansicht über die folgenden Gattungen bei.

5) *Glenomorum* und 6) *Phacelomonas* sind mir entweder gar nicht vorgekommen oder zu einer Zeit, wo ich den Unterscheidungszeichen die nöthige Aufmerksamkeit zu schenken noch nicht hinreichend eingeübt war. Von 7) *Doxococcus* glaube ich allerdings die entsprechenden Thierformen zum Theil aufgefunden zu haben, ohne jedoch eine besondere Gattung für dieselben erforderlich zu halten, indem schwierig zu erkennende, und daher leicht zu übersehende, Organe dieselben zu anderen Formen ohne Zwang einreihen. Ich würde eine Deutung der von Ehrenberg aufgestellten Species dahin versuchen, dass:

1) Doxococcus Globulus, die rollende Bewegung durch eine feine Bewimperung des ganzen Körpers, welche vielleicht beim Antrocknen zu erkennen gewesen wäre, bewirkt hätte und dann farblosen Individuen von Pantotrichum Volvox gleich zu achten wäre;

2) Doxococcus ruber, wie schon Ehrenberg selbst angiebt, zu Trachelomonas zu rechnen sein möchte;

3) Doxococcus Pulvisculus die oft sehr zahlreichen kleinsten Kugeln von Pandorina Morum dargestellt hätte, deren rollende Bewegung durch die (1829 noch nicht entdeckten) Rüssel der Einzelthierchen bedingt gewesen wäre;

4) Doxococcus inaequalis endlich etwa ebenfalls zu Pantotrichum (P. Enchelys mit grüner Nahrung erfüllt?) zu rechnen sein möchte, und eine allgemeine Bewimperung des ganzen Körpers die rollende Bewegung vermittelt hätte.

Diese rollende Bewegung, das einzige Unterscheidungszeichen für die Gattung, will doch ihre Ursache haben; es soll eine Fortbewegung in gerader Linie mit einigem Wanken und einer Drehung um die Queerachse, d. h. einem Rollen über Kopf, sein, was durch einen einzelnen oder mehrfachen Rüssel, wie sie den Monadinen zukommen, unmöglich bewirkt werden kann. Die grössere Zahl der Infusorien, welche überhaupt einer solchen Bewegung fähig sind, zeigen diese rollende Bewegung in der ersten Zeit nach Anfertigung des Präparates, weil sie aufgestört wie es scheint irgend einer Gefahr glauben entfliehen zu müssen, während sie bald nachher sich beruhigt haben und obgleich sie überall bewimpert sind, auch diese Wimpern in beständiger Bewegung bleiben, doch für längere Zeit ruhig im Sehfelde verharren können. Jene rollende Bewegung rührt also von einer sehr schnellen Bewegung jener Wimpern her und letztere können in diesem Grade von Schnelligkeit bewegt, wie die Erfahrung zeigt, in der Mehrzahl der Fälle gar bei stärkeren Vergrösserungen nicht durch das Mikroscop wahrgenommen werden. Thiere der Art könnte daher leicht ein Beobachter, diese Verhältnisse ausser Acht lassend, gleich nach Anfertigung eines Präparates zur Gattung Doxococcus und schon eine halbe Stunde später nach erkannter Bewimperung etc. zu den entsprechenden darmführenden Magenthieren einreihen; für die Loupe aber, zur Beobachtung in ihrem Elemente, ohne dass sie gestört würden, sind diese Thiere, wie alle die weniger wie $\frac{1}{50}'''$ messen, selbst um nur über ihre Bewegung zu urtheilen, nicht erreichbar.

Diese Gründe bestimmen mich dazu die Aufgebung der ganzen Gattung Doxococcus anzurathen, bis fernere Entdeckungen geeignete Thiere mit Sicherheit erkennen lassen, für welche nicht die rollende Bewegung, sondern das Organ, welches dieselbe vermittelt, das unterscheidende Kennzeichen abgiebt.

Die achte Gattung 8) *Chilomonas*, Lippenmonade, kam mir nur in der dritten Art Ch. destruens vor; obgleich letztere häufig ist und fast alle leeren Entomostraceenschalen etc. im Bodensatze der Infusionen des Herbstes erfüllt, so habe ich doch keine das Thierchen auszeichnende Eigenschaften wahrgenommen. Das Thier ist sehr unruhig und behende, dabei von einer wolkig trüben Körpermasse, in der sich schwer etwas unterscheiden lässt, und beim zerdrücken der todten Körper anderer Thiere, in denen sie leben, wird meistens das ganze Präparat für feinere Beobachtungen zu sehr getrübt.

Die letzte Gattung der Monadinen

9) *Bodo*, Schwanzmonade, vereinigt freilich noch vielleicht sehr ungleiche Wesen, dient jedoch auch in ihrer sichersten Art zur Vervollständigung der bei den Monaden beobachteten Organisation, um sie mit allen Magenthieren auf dieselbe Stufe zu stellen. Ehrenberg erwähnt bei Bodo socialis, dass ein einfacher Rüssel in Zukunft wohl dieses Thier von jungen Vorticellen, die Wimpern am Munde führen, unterscheiden liesse. Schon 1838 konnte ich diese Voraussetzung bestätigen. — Wie gross nimmt sich ein solcher Triumph Ehrenbergs, ein künftig an einem so kleinen Thiere zu entdeckendes Organ richtig vorherzusagen, gegen die oft so kleinlichen Verdächtigungen anderer Beobachter aus, welche Nebendinge hervorheben, um daran zu mäkeln, und doch zugleich den Mangel eines reifen Ueberblicks über das gewonnene Material durch die Art ihrer Schlussfolgerungen genügend zu beweisen pflegen! Während Bodo saltans so leicht innere Blasen mit farbigem Stoffe erfüllt bei einer Grösse von $\frac{1}{1000}'''$, hat Bodo socialis selbst bei Thieren von $\frac{1}{300}'''$ Länge mich einen feinen Rüssel von mehr als doppelter Körperlänge erkennen lassen und ausserdem bei vielen Thieren constant in derselben Lage und Grösse im hinteren Theile des Körpers ein dunkleres drüsenartiges Organ und eine hellere scharf umschriebene Blase, welche wahrscheinlich contractil ist, was mir jedoch zu beobachten nicht gelingen wollte. Begünstigt durch den Umstand, dass diese Thierchen in zahlreichen Exemplaren an den Fäden einer dicht verfilzten Alge sassen, konnte ich sie ruhig beobachten und eine 600fache Vergrösserung anwenden. Der Rüssel schien an seinem Ende etwas aufwärts gebogen und geknöpft zu sein, war derber wie dieses Organ bei verwandten Thieren oft nach vieler Mühe erkannt wird, und zeigte statt der zitternden ungestümen Eile, womit jene zu schwingen pflegen, nur ein pendelartig regelmässig sich folgendes Zucken, wodurch für den Augenblick eine kleine Bewegung des Körpers zur Seite hervorgebracht wurde, ohne dass dieselbe auf den sehr feinen borstenartigen Schwanz, womit das Thier an der Alge festsass, von Einfluss schien. Da dieses Thier im Verhältniss zu seiner geringen Grösse mir die vollständigste Organisation gezeigt hat, wie sie nur bei den grössten Magenthieren beobachtet wird, so gebe ich die Grösse der einzelnen Theile nach einem Durchschnitte von mehr wie zwanzig Messungen:

Schwanz $\frac{1}{160}$-$\frac{1}{250}'''$, Körper $\frac{1}{270}'''$, Rüssel $\frac{1}{120}'''$, dunklere Drüse $\frac{1}{500}'''$, hellere Blase $\frac{1}{450}'''$. Bis jetzt haben fast alle Magenthiere mit einfachem rigiderem Rüssel die Aufnahme von Farbestoffen beharrlich verweigert, weshalb es zweifelhaft wird, ob Bodo saltans nicht vielleicht noch eine Organisation erkennen lässt, welche beide Formen trennt, was auch wohl mit Bodo grandis der Fall sein möchte, da die Anheftung der Schwanzborste unter dem Munde sich bis jetzt nicht erweisen lässt, diese mehr wie doppelt so lang als der Körper des Thieres ist und beim Wenden des letzteren ganz passiv in

4*

winklig gebogener Krümmung nachschleppt. Eine constante hellere Stelle fand ich auch bei Bodo grandis; da sie jedoch dicht unter der Anheftungsstelle des Rüssels liegt, so könnte es auch der erweiterte Eingang des Mundes sein und kann also nicht darüber entschieden werden, bis etwa ein periodisches Verschwinden derselben beobachtet würde. Auch dass Bodo grandis leicht Farbestoff aufnimmt, spricht nicht dafür, dass Bodo socialis damit zu einer Gattung gehört. Die übrigen Arten sind mir unter Verhältnissen, wo ich sie mit einiger Sicherheit hätte bestimmen können, in letzter Zeit wenigstens nicht vorgekommen.

Ein Rückblick auf die Familie der Monadinen zeigt also bei den kleinsten Thierformen, die wir kennen, eine bestimmte Organisation, welche zur Annahme einer Individualität für jede Monade vollkommen berechtigt. Vor der Hand müssen wir uns begnügen, die Existenz von Organen bei ihnen zu erkennen, was der Physiologie zu begründeten Rückschlüssen von den grösseren Magenthieren, bei denen die Funktionen dieser Organe zu ermitteln sind, vielleicht bald dienen kann. Es sind dieses die kleinsten Thiere und die kleinsten Organe: Was liegt in beider Hinsicht jenseits dieser Grenze? —

Zweite Familie. Cryptomonadina. (Panzermonaden.)

Die Umhüllung des Körpers mit einer dünnen gallertartigen Haut bis zu einem harten, wie Glas zerspringenden Panzer unterscheidet diese Thierchen von den Monaden, während die Kennzeichen der Monaden sie wieder von allen übrigen Magenthieren sondern. Augenpunkte und die Form des Panzers etc. scheiden die Gattungen nach folgendem Schema:

II. Cryptomonadina. (Panzermonaden.)	Augenlose ...	Panzer stumpf und glatt	Körper kurz, keine oder Längstheilung .... Cryptomonas. Körper lang, Queertheilung Ophidomonas.
		„ mit vorderer Spitze .... Prorocentrum.	
	Augenführende	„ mit halsartiger enger Mündung ...... Lagenella.	
		„ ohne halsartige Mündung	offenes Schildchen ...... Cryptoglena. geschlossenes Büchschen. Trachelomonas.

Ein Blick auf die Abbildungen und Diagnosen dieser Thierchen zeigt gegen die vorige Familie sogleich den Unterschied der grösseren Sicherheit und klaren Erkenntniss bestimmter ausgeprägter Formen. Mit Ausnahme von Cryptomonas fusca und C. lenticularis, Ophidomonas und Prorocentrum konnte ich sämmtliche Formen mit Musse prüfen, ohne zu abweichender Anordnung irgend einen motivirten Vorschlag machen zu müssen. Hier wird daher die Bestätigung des physiologischen Details, des Panzers, Rüssels, Auges etc. sowie der dunkleren Drüse in der Mitte und der helleren Stelle am Ende des Körpers, welche ich auch bei Cryptoglena pigra und C. cörulescens erkannte, um so eher genügen, als alle anderen Verhältnisse bei der folgenden Familie ganz ähnlich gefunden werden. Die Vermuthung lässt sich jedoch nicht ganz von der Hand weisen, eine oder die andere Form könnte später als vorübergehender Entwickelungszustand anderer Gattungen erkannt werden, weil sie nur im Frühlinge und dann in grosser Menge vorkommen, später im Sommer dagegen noch nicht beobachtet zu sein scheinen. Ohne vorherige Erörterung der Fortpflanzungs- und Vermehrungsweisen der Magenthiere überhaupt, wie solche bei den grösseren Darmführenden an geeigneter Stelle versucht werden soll, bleibt die weitere Ausführung solcher Vermuthungen jedoch höchst ungenügend, und muss daher verschoben werden.

Dritte Familie. Volvocina. (Kugelthiere.)

Diese interessanteste Familie der ersten Abtheilung der Magenthiere umfasst diejenigen gepanzerten Monaden, deren Panzer bei der Theilung zusammenhängend bleibt, wodurch Monadenstöcke, von oft zahlreichen Einzelthierchen zusammengesetzt, gebildet werden. Die Gattungen unterscheiden sich sehr leicht:

III. Volvocina. (Kugelthiere.)	Augenlose	schwanzlose.	einfacher Panzer	Panzer kugelartig	ohne wirbelnden Rüssel **Gyges.**
					mit wirbelndem Rüssel. **Pandorina.**
				Panzer tafelförmig zusammengedrückt....	**Gonium.**
			doppelter Panzer		**Synerypta.**
		geschwänzte			**Synura.**
	Augenführende	gleichförmige einfache Selbsttheilung (keine Kugelbildung)	geschwänzt..........		**Uroglena.**
			ungeschwänzt ...	einfacher Rüssel......	**Eudorina.**
				zwei Rüssel.........	**Chlamidomonas.**
		ungleichförmige Selbsttheilung (innere Kugelbildung)	einfacher Rüssel		**Sphaerosira.**
			zwei Rüssel		**Volvox.**

War schon das berühmte Kugelthier, der Volvox Globator Leeuwenhoeks, als unschuldige Veranlassung zur Entstehung der Einschachtelungstheorie. geeignet in der Naturgeschichte eine dauernde Aufmerksamkeit zu erregen, so hat es mit den verwandten Formen dazu eine neue Veranlassung durch die Hartnäckigkeit gegeben, mit welcher einige Naturforscher für diese Organismen eine vegetabilische Entwickelungsform in Anspruch genommen haben. Die Bekanntschaft mit den Panzermonaden und nur einiger Ueberblick über verschiedene Arten, welcher hinreicht die Verwandtschaft der Gattungen zu erkennen, genügt schon jeden Gedanken der Art für immer zu beseitigen. Die allerdings nicht immer ganz leicht zu ermitteltenden Organisationsverhältnisse sind denen der Panzermonaden gleich, nur deutlicher zu erkennen, weil diese Monadenstöcke viel häufiger gefunden werden und auch solche Behandlung unter dem Mikroscope gestatten, welcher die Panzermonaden sich oft durch ihre Kleinheit entziehen. Die einzelnen Gattungen bieten in sehr verschiedener Hinsicht physiologisches Interesse dar.

16) *Gyges.* Gyges-Ring.

Diese Gattung gehört nach meiner Ansicht zu denjenigen, welche nie hätten aufgestellt werden müssen, und deren Eingehen fast als Nothwendigkeit erscheint. Es liegt jedoch nicht in den Unterscheidungszeichen der Grund dazu, obgleich es immer bedenklicher werden möchte, Thiere ohne wirbelnden Rüssel mit in diese Familie aufzunehmen, sondern in der Unhaltbarkeit der aufgestellten Arten.

1) **Gyges Granulum**, ein kugelrunder grüner Körper von wasserhellem Panzer umgeben, welcher scheinbar wie ein krystallener, bei hellem Lichte schwer sichtbarer Ring die grüne Kugel umgiebt, ist gewiss nichts anderes, wie ein Theilungszustand von Pandorina Morum, welche durch alle Uebergänge bis zu noch kleineren Formen gefunden werden, wie sie schon Ehrenberg mit abgebildet hat. Sie zeigen oft lange weder Bewegung noch Rüssel und doch kann man bewegte Formen daneben legen und mit denselben zerdrücken. ohne auch in dem Inhalte die geringste Verschiedenheit wahrzunehmen.

2) **Gyges bipartitus**, eine grüne Doppelkugel in klarer Hülle, gehört nach Ehrenbergs Vermuthung mit der vorigen zusammen. Da sie jedoch gelbgrün sein soll, so ist wohl zu beachten, dass seitdem bei den Desmidiaceen in der Gattung Xanthidium constant ein sehr durchsichtiger Panzer beobachtet ist, diese Form genau einem stachellosen Xanthidium entsprechen würde, wenn die jener Gattung eigenthümliche Vermehrungs-Art daran zu beobachten wäre. Da mir beides gelungen ist, so stehe ich nicht an, diese Form zu Xanthidium zu ziehen, worüber bei dieser Gattung das Nähere mitgetheilt werden soll; die Gattung Gyges dagegen in der Familie der Kugelthiere für vollkommen überflüssig zu halten.

17) *Pandorina.* Beerenkugel.

Innerhalb des wasserhellen Panzers sind grüne Thierchen ohne Augen mit einfachem Rüssel, einzeln oder in allen Stadien der Theilung vereinigt und bilden so kugelige Monadenstöcke von oft ansehnlichem Durchmesser. Die drei grünen und sehr häufigen Gattungen der Kugelthiere Pandorina, Gonium und Volvox unterscheiden sich auf den ersten Blick, ohne auf den rothen Augenpunkt Rücksicht zu nehmen, dadurch, dass der ganze Monadenstock bei Gonium tafelförmig zusammengedrückt ist, von den beiden kugeligen aber Volvox die Einzelthiere dicht am Rande führt, während sie bei Pandorina um die Breite ihres Durchmessers weiter nach innen liegen.

Pandorina Morum erscheint meistens so häufig beisammen, dass sich die einzelnen Entwickelungszustände leicht aneinanderreihen lassen. In Gläsern am Fenster aufbewahrt, nimmt die Zahl der Monadenstöcke häufig ab, dagegen durch das Verkümmern mancher Bildungen die Zahl der Entwickelungsformen zu, so dass man nicht allein einfache Beeren in Kugeln von $\frac{1}{80}$''' Durchmesser, dann 2, 4 etc. bis zu 36 und mehr in entsprechend grösseren Kugeln antrifft, sondern es bleiben in anderen auch stets wieder Einzelthiere und Beeren auf jeder Stufe der Entwickelung stehen, und sterben ab, wobei sie eine braune Farbe annehmen, so dass man das bunteste Gemisch von allen diesen Formen von einer gallertartigen Kugel umschlossen finden kann. Diese Art der Theilung zeichnet die Kugelthiere vor allen anderen Monaden aus, während die Organisation der Einzelthiere den übrigen Monaden sehr ähnlich zu sein scheint. Auch mir hat der innere grüne Körper des Thieres für nähere Erforschung seiner Organisation zu viele Schwierigkeiten dargeboten, als dass eine klare Erkenntniss möglich gewesen wäre. Der feine Canal, welcher vom Thiere bis zur Peripherie der Gallertkugel reicht, und den Rüssel umschliesst, beweist jedoch, dass am Grunde des Rüssels die Mundstelle sich findet, was zu weiteren Folgerungen berechtigen wird, wenn die Organisation ähnlicher Thiere, welche sichtlich Nahrung verschlucken, weiter hat geprüft werden können.

18) *Gonium.* Tafelthierchen.

Der tafelförmig zusammengedrückte Panzer dieses Kugelthieres entsteht durch regelmässig wiederholte Längstheilung der Theorie nach. In der Wirklichkeit scheint jedoch alles fertig vorgebildet zu sein und die letzten Fragmente älterer Stöcke zeigen deutlich jedes Einzelthier von einer kugligen Gallerte umhüllt, welche mit den nebenliegenden Kugeln an schmalen Berührungspunkten verwachsen ist. Diese Verbindungsstelle, welche durch die gegenseitige Abplattung der Panzer breiter wird, ist endlich durch zwei parallele Linien begrenzt, wie der Intercellulargang zwischen zwei Pflanzenzellen im Längsschnitte, und dem entsprechend bildet sich zwischen drei bis vier dieser Kugeln ein eckiger leerer Raum, wie ein Intercellulargang im Querschnitte. Diese scheinbaren Canäle hat Ehrenberg vermuthet, könnten zu einer organischen Verbindung zwischen den einzelnen Thieren dienen, was mir bei der gar nicht zu misskennenden Entstehung bei Gonium pectorale höchst unwahrscheinlich geworden ist, und auch für die Deutung der ähnlichen Erscheinung bei Volvox etc. maassgebend sein dürfte.

1) Gonium pectorale ist vielleicht die einzige gute Species dieser Gattung, und hinreichend als Wunder des Mikroscopes bekannt gewesen, bis Ehrenberg auch diesen Zauber löste. Die übrigen Arten würde schon der Mangel eines Rüssels trennen lassen; zudem sind dieselben so unsicher und so selten beobachtet, dass wenig Gewicht darauf gelegt werden kann. Ja, bei genauerer Prüfung, wenn man den Grundsatz festhalten will, dass Grösse, Färbung und Fundort keinen Artenunterschied für sich bedingen können, ist es schwierig, sich eine andere Species für diese Gattung zu denken, welche sich nicht durch die Form der Einzelthiere unterschiede, was bei strengster Consequenz doch wieder eine neue Gattung begründen könnte.

Gonium? glaucum, welches ich oft und sorgfältig beobachtete und noch in diesem Augenblicke, seit etwa sieben Monaten von Zeit zu Zeit nachsehend, vergleichen kann, zeigte mir nie etwas, das an eine thierische Organisation erinnerte.

Bei den folgenden Gattungen:

19) *Syncrypta.* Doppelmantel.

20) *Synura.* Strahlenkugel.

21) *Uroglena.* Strahlenauge. will ich nur bemerken, dass auch mir, seit ich das Auge bei Uroglena kennen lernte, keine Synura mehr vorgekommen ist. im Uebrigen die Thiere dieser Gattung zu keinen physiologischen Aufschlüssen Gelegenheit geboten haben. Dasselbe gilt von

22) *Eudorina.* Augenkugel, welche auch ich gar nicht sah,

23) *Chlamidomonas.* Hüllenthierchen, worüber Microglena (pag. 21.) zu vergleichen ist und

24) *Sphaerosira.* Ruderthierchen,

in dem bei dem berühmten

25) *Volvox.* Kugelthier, auf alle interessanten Punkte doch zurückzukommen wäre. Ohne Zweifel ist Volvox Globator von allen Thieren dieser Abtheilung am häufigsten beobachtet, weil bei der grünen Färbung der Gewässer die grösseren Kugeln desselben schon mit unbewaffnetem Auge erkannt werden können, und daher zunächst die Aufmerksamkeit fesseln; dennoch blieb das Kugelthier weit länger wie ähnliche Bildungen ein physiologisches Räthsel und noch jetzt findet Ehrenbergs scharfsinnige Lösung desselben so oft ganz unbefugten Widerspruch. Gewiss war es zu entschuldigen, wenn man ein lebendig gebärendes Wesen für ein räthselhaftes Thier hielt; seit aber nachgewiesen, dass dieses vermeintliche Thier eine Colonie von zahlreichen Einzelwesen, fragt man mit Recht verwundert, warum dieselben in das Pflanzenreich degradirt werden sollen? — Die Untersuchung dieses so leicht aufzufindenden Kugelthieres bietet jedoch mitunter Schwierigkeiten dar, welche nicht in jedem Exemplare die Nachweisung der thierischen Organisation gestatten und vornehmlich durch eine Verschiedenheit in der Grösse der Einzelthiere bedingt scheinen. Im Frühlinge findet man in der Regel nicht ganz so grosse Kugeln, wie gegen den Herbst, dagegen die Einzelthiere im Durchschnitt grösser. Die grossen schwimmenden Kugeln fand ich im Frühjahr bis $\frac{1}{2}'''$ gross, die jüngeren Colonien im Innern derselben maassen vor dem Verlassen der grossen Kugeln $\frac{1}{6}'''$ und die in letzteren neu begonnene Vermehrung $\frac{1}{45}'''$, die einzelnen Thiere in der grossen Kugel selbst endlich $\frac{1}{280} - \frac{1}{300}'''$ und ihre Entfernung von einander durchschnittlich $\frac{1}{70}'''$. Die Gallerthülle zeigt zwischen den letzteren feine Streifen, welche stets senkrecht auf eine an der Peripherie des Einzelthieres gedachte Tangente zulaufen und nach der Analogie von Gonium pectorale unzweifelhaft die Grenzen kugeliger Gallerthüllen der kleinen grünen Thiere anzeigen. Das Verhältniss der Einzelthiere zu dieser Hülle ist ein wechselndes. Man findet im hohen Sommer die Mehrzahl der Kugeln blasser und durchsichtiger; mischt man bei schwacher Vergrösserung Farbe zum Wasser, so ist der durch die Rüssel erzeugte Strudel ungemein lebhaft und rasch; bei stärkeren Vergrösserungen findet man aber die Thiere selbst äusserst klein, blassgelblich, nur den rothen Punkt und die Blase oder Drüse sichtbar, die Rüssel äusserst schwer zu erkennen. Auf solche Exemplare allein angewiesen hätte ich schwerlich die eigentliche Natur dieses merkwürdigen Thieres sogleich erkannt, da hier auch die Gallerthülle um ein bedeutendes trüber zu sein pflegt, wie im Frühlinge, und Allen, welche die von Ehrenberg nachgewiesene Organisation des Volvox nicht wiederfinden konnten, ist daher zu rathen, im ersten Frühlinge die mittelgrossen Kugeln zunächst zur Untersuchung auszuwählen und nachher die abweichenden Formen zu vergleichen.

Das Verhältniss der Gallerthülle zum Thiere selbst scheint nach dem was Gonium pectorale zeigt und Chlamidomonas ahnen lässt, eine sorgfältigere Prüfung zu verdienen. Sowohl bei Gonium wie bei Volvox liegt jedes Thier in einer Gallertkugel, welche ein feiner Canal zum Austreten der Rüssel durchbohrt, dessen Mündung bei Volvox etwas unter die Oberfläche der grössten Kugeln versenkt bleibt. Bei den meistens doppelt so grossen Einzelthieren von Pandorina Morum zeigt sich gleich im Beginn der Theilung ein hellerer Saum um die grüne Kugel, den man bei einiger Sorgfalt auch bei Gonium und Volvox stets wiederfindet, der aber bei Pandorina sich oft verdoppelt und verdreifacht, vermuthlich je nachdem die Theilung rascher oder langsamer fortschreitet. Späterhin wird sich Gelegenheit darbieten, solche Formen von Pandorina Morum durch Abbildungen zu erläutern, wo einzelne grüne Kugeln mit vierfacher Hülle von verschiedener Dicke, oder zwei Kugeln, jede für sich in doppelter und dann zusammen in vierfacher Hülle, welche von innen nach aussen an Dicke zunehmen, beobachtet sind. Aufmerksames verfolgen dieser Vorgänge führt unabweisbar auf die an und für sich schon plausibele Ansicht, dass die ursprüngliche Hülle des Einzelthieres bei der Theilung durch neue Hüllen ersetzt werde, gleichviel ob die alte noch unter dieser oder jener Form mit dem Thiere in Zusammenhang bleibt oder nicht, mithin eine jede Theilung zugleich eine Häutung bedingt, wobei dann die äussere Hülle plötzlich absterben kann und vergeht, oder allmählig aus der organischen Verbindung scheidet und noch eine Zeitlang um die getheilten Individuen einen äussern Schutz bildet, wie bei Chlamidomonas und Pandorina, oder für immer die Wohnstätte des Einzelthieres mit sämmtlicher Vermehrung desselben bleibt, wie bei Volvox. Und doch bei so ähnlichen Verhältnissen welche Verschiedenheit in der Anordnung! Bei Gonium liegt das einzelne Thier in der Mitte einer Gallertkugel, welche bei Pandorina so gross wird, dass sämmtliche Thiere der ganzen Colonie darin Platz finden, wärend bei Volvox dagegen die Hülle aus lauter kleinen Gallert-Zellen besteht, zwischen denen die Thiere im Intercellular-Gange gelagert sind; so dass im doppelten Gegensatze zu Gonium das Einzelthier in einer Hülle aus mehreren Zellen gebildet liegt und diese Zellen immer mehreren Einzelthieren gemeinschaftlich als Hülle dienen. Bei Volvox pflegen 3 — 7 solcher Intercellulargänge radienartig von jedem einzelnen Thierchen auszugehen, daher meistens die Zellenfläche dreieckig erscheint und an jeder Ecke derselben ein Thierchen wohnt.

Diese Modificationen neben der jedesmaligen Häutung bei der Längstheilung deuten auf eine wichtige physiologische Function jener gallertartigen Hülle hin, wie sich weiter unten deutlicher herausstellen lassen wird.

Volvox aureus und Volvox stellatus dürften bei genauer Verfolgung der Uebergänge nur als Varietäten von V. Globator erkannt und mit Recht von einer zweiten Species wohl anatomische Verschiedenheit in den Einzelthieren gefordert werden können; goldgelbe Kugeln fand ich auch in Pandorina zwischen den grünen und die eigenthümliche Gestaltung der Gallerthülle in V. stellatus kommt noch häufig bei anderen Infusorien vor und ist vielleicht von der Jahreszeit abhängig. Die Abweichungen, welche Ehrenberg an den Einzelthieren bemerkte, kommen aber wie oben erwähnt in viel höherem Grade bei Exemplaren vor, deren innere Kugeln weder gelb, noch sternförmig sind. Nur die Bedingungen, unter welchen diese Abweichungen vorkommen, sind noch zu ergründen; da eine stärkere Loupe in geeigneten eckigen Glasgefässen bei einiger Uebung sie erkennen lässt, so darf man nur die an demselben Fundorte vorkommenden Volvox Globator etwa alle 14 Tage, so lange sie während eines Jahres zu finden sind, mustern, und die Sache wird sich wahrscheinlich aufklären.

Fällt dann die Entscheidung zu Gunsten der hier angedeuteten Ansicht aus, so ergiebt sich bei einem Rückblicke auf die Familie der Kugelthiere, dass, wenn Gyges wegfällt, sämmtliche übrige (mit Einschluss der zweifelhaften Gattung Synura) 9 Gattungen bis jetzt jede nur **eine** sichere Species aufzuweisen haben, welche an günstigen Standorten meistens im Frühlinge und Vorsommer in ungeheurer Anzahl die Gewässer zu bevölkern pflegen, und die alle, bei hinreichender Verschiedenheit der ganzen Bildung und vielleicht noch grösserer des feineren Baues, sich als geringe Modificationen des Begriffes geselliger Panzermonaden erkennen lassen. So z. B. haben bei Pandorina und Eudorina alle Einzelthiere eine gemeinschaftliche Gallerthülle, in welcher sie nahe der Peripherie gelagert sind; jedes Einzelthier vermehrt sich gleichzeitig mit allen übrigen derselben Kugel durch allseitige Theilung und verlässt bald früher bald später, direct nach aussen frei werdend, diese Bildungsstätte.

Bei Gonium hat jedes Thier seine Hülle für sich, die Vermehrung durch einseitige Theilung erzeugt nur der Fläche nach aneinander hängende Individuen und überschreitet nie die vierte Theilung = 16 Individuen, ohne Zerfallen der älteren Hülle. Dieses bestimmte Zahlenverhältniss, obgleich als

Möglichkeit ganz plausibel, kommt doch so regelmässig vor, dass eine Nothwendigkeit dafür gefunden werden muss, wie später nachzuweisen vielleicht möglich sein wird.

Bei Syncrypta bleiben die Einzelthiere in doppelter Hülle und liegen im Mittelpunkte der gebildeten Kugel dicht aneinander.

Bei Uroglena (und Synura) bleiben die Thiere ohne bestimmtes Zahlenverhältniss in gemeinschaftlicher Hülle dicht an der Peripherie gelagert beisammen, welche bei der ganz unregelmässigen Theilung in verschiedenen Richtungen eine strenge Kugelform nicht lange beibehalten kann.

Bei Chlamidomonas scheint mit der Theilung auch das Zerfallen der äusseren Hülle zu beginnen, welche, je nachdem sie langsamer oder schneller vergeht, höchstens 6 bis 8 Thierchen ohne bestimmte Anordnung derselben umschliesst.

Bei Sphaerosira liegen, wie bei Volvox, viele Thiere in einer, wahrscheinlich bei beiden Gattungen vielzelligen, Gallerthülle, und zwar zwischen den Zellen derselben im Intercellulargange dicht an der Peripherie; die Theilung beginnt nur bei einzelnen in regelmässigen Abständen von einander dazu geeigneten Thieren gleichzeitig, bei Sphaerosira durch einfache Längstheilung bei sehr vielen die nach aussen frei werden.

Bei Volvox bei wenigeren (8—20?) durch allseitige Theilung, wodurch Töchterkugeln gebildet werden, die anfangs nach innen sich loslösend, erst später durch Zerreissen der Mutterkugel frei werden.

Im höchsten Grade unwahrscheinlich und ohne alles Beispiel in der ganzen organischen Welt wäre es, wenn äusserlich so physiologisch verwandte Gattungen durch spätere Entdeckungen in ihrem feineren Baue als verschiedenartige erkannt würden; für die vergleichende Physiologie ist es dagegen höchst wichtig durch die Kugelthiere zu Rückschlüssen auf die Panzer-Monaden und die eigentlichen Monaden berechtigt zu werden, weil letztere leicht aufzufinden, durch die Loupe zu bestimmen sind und daher auf jedes neu beobachtete Organ oder Verhalten sofort geprüft werden können. Leider sind alle Fütterungs-Versuche bisher erfolglos geblieben; dennoch verspricht das ausschliessliche Vorherrschen eines Kugelthieres selbst in grösseren Wasserbecken vielleicht einen Weg zur Beurtheilung des Einflusses der Gesammtthätigkeit so vieler Geschöpfe zu bahnen. Bis auf einige Fuss unter der Oberfläche sind zu Zeiten manche Teiche gleichmässig so dicht mit Volvox Globator erfüllt, dass die Kugeln nur um das 4—6fache ihres Durchmessers von einander entfernt sind; eine Kugel von $\frac{1}{3}'''$ Durchmesser zählt an ihrer etwa $1'''$ messenden Peripherie $\frac{1}{280}'''$ grosse, $\frac{1}{70}'''$ von einander entfernte Thierchen 56. Bei Annahme paralleler Cirkellinien, mit im Quincunx stehenden Thierchen und im Aequator und Meridian gleicher Anzahl, würde jede Halbkugel 14 Cirkellinien, die engste etwa 4, die weiteste 56 im Mittel also 30 Thiere führend, tragen, mithin zusammen 420 und die ganze Kugel 840 Individuen beherbergen. (Ehrenberg berechnet eine viel höhere Zahl nach einer Zählung der Thierchen an der Peripherie; letztere erscheinen dabei aber in solcher Verkürzung, dass unser Auge die parallelen Reihen derselben nicht mehr trennen kann, daher Ehrenberg wohl die Individuen aus 3 Reihen zusammengezählt haben mag. denn: 140 Thierchen zu $\frac{1}{288}'''$ gross und 140 Zwischenräume, die auch nach Ehrenbergs Zeichnung mindestens 3mal so gross wie der Durchmesser des Einzelthieres waren, giebt für die Peripherie $\frac{760}{288}'''$ also fast $3'''$ und der Durchmesser der grossen Kugel hätte dann fast $1'''$ betragen müssen, während er zu $\frac{1}{3}'''$ angegeben ist.) Obige 840 Individuen bewohnen aber nur die Peripherie einer Kugel, welche 8 kleinere beherbergt. deren jede wieder bis 8 noch kleinere umschliesst, die alle zu derselben Entwickelung, wie die grösste der Kugeln, gelangen sollen, welche demnach im günstigsten Falle $72 \times 840 = 60.480$ Individuen als Wohnung dient. 100 solcher Kugeln, die man während des Sommers leicht in einem Esslöffel voll Wasser haben kann, würden also etwa auf 5 Millionen Einzelthiere geschätzt werden müssen. Eigenthümlich ist es, wie regelmässig vertheilt, in fast gleichen Abständen, Volvox Globator im Sonnenscheine die Teiche bis auf mehrere Fuss Tiefe erfüllt, wonach sich die Individuenzahl für ein bestimmtes Wasserbecken ziemlich gut würde schätzen lassen.

Von Volvox Globator sind nur die Kugeln, welche immer gleich eine grosse Anzahl von Thieren beherbergen, bekannt und zwar in einer Grösse, welche mehr durch die Entwickelung der Gallerthülle, wie der Einzelthierchen zu variiren scheint; Gonium pectorale kommt fast in allen Grössen gleichzeitig vor, enthält aber immer 16 Thierchen, oder es sind Bruchstücke solcher Gruppen von 16; Pandorina Morum führt in ihrer Gallerthülle 1, 2, 4 bis 36 Kugeln etc., zeigt aber während des ganzen Sommers diese ungleiche Entwickelung, nur im Frühlinge giebt es eine Zeit, wo die Gewässer mit kleinen Kugeln derselben erfüllt sind, deren Grösse fast übereinstimmt, welche vermuthlich dann entstehen, sobald die Vermehrung durch Theilung ihr Maximum erreicht hat und bei günstiger Witterung einige Zeit ungestört bleibt. Chlamidomonas Pulvisculus scheint in jeder Grösse und jedem Stadium der Entwickelung immer gleichzeitig gefunden zu sein. Wie überwintern diese Thiere? Gewiss bleibt, dass sie im Sommer die Gewässer in zahlreichen Schwärmen erfüllen, gegen den Herbst hin seltner werden und beim Eintritt des Winters ganz fehlen, das heisst nahe der Oberfläche, während ohne Zweifel am Grunde die Thiere selbst oder ihre Keime vorhanden sind. Im ersten Sonnenscheine des Frühlings steigen einzelne Häufchen von Oscillatorien, Conferven und anderen Algen durch im Lichte entwickelte sauerstoffreiche Luftblasen getragen an die Oberfläche und bringen alle diese Keime und Thierformen mit herauf, so dass man schon am Rande des schmelzenden Eises über eine Welt von Räderthieren und Polygastricis verfügen kann. Unter diesen schwankt Gonium pectorale nur in kleineren und seltneren Exemplaren herum, wie im Sommer; Pandorina Morum findet sich häufig in einzelnen Kugeln, welche 1 grosses Individuum enthalten und nicht selten eine doppelte Gallerthülle zeigen, deren innere jüngere das Licht stärker bricht und die optische Täuschung veranlasst, als ob in einiger Entfernung von der grünen Kugel ein heller Ring sichtbar würde (siehe Gyges Granulum); es kommen aber auch unregelmässige Gallertmassen mit sehr kleinen grünen Thieren in allen Stadien der kreuzweisen Theilung vor, die sich durch ihre Lagerung in einiger Entfernung von der Peripherie, den Mangel des rothen Punktes und die innere grüne Färbung als zu Pandorina gehörig erkennen lassen; Chlamidomonas möchte in einzelnen beweglichen Exemplaren während dieser Zeit schwer von Microglena zu unterscheiden sein. Volvox Globator findet sich hier aber noch gar nicht vor. Ich vermuthe daher, und hoffe diese Vermuthung bald bestätigen oder berichtigen zu können, dass die Bildung der ersten und zweiten Generation in den grossen Kugeln im Spätherbste minder rasch vor sich geht, zahlreiche und kleinere Kugeln gebildet werden, die oft ganz absterben und dann goldgelb erscheinen (V. aureus?), oft mehrfache Schichten der Gallerthülle über die halbkugelförmig hervorragenden Einzelthiere ablagern (V. stellatus?). Letztere innere Kugeln würden frei werdend, durch das abweichende Verhältniss der Gallerthülle zu den grünen Thieren, nicht an die Oberfläche steigen müssen, und könnten am Grunde der Gewässer wärmeren Sonnenschein und längere Tage gleichsam schlafend abwarten.

Wer diese Verhältnisse sorgfältig geprüft hat, muss über die thierische Natur und die nahe Verwandtschaft dieser Formen unter sich und mit den Panzermonaden ausser Zweifel sein, ganz abgesehen von der inneren Organisation; eine Verwechselung derselben mit Algenkeimen etc. bleibt nur dadurch möglich, dass ganze Schichten fest eingetrockneter oder in Entwickelung begriffener Thiere der Art in Folge flüchtiger Untersuchung für Algen bestimmt sind, wie Gleocapsa ampla, Tetraspora gelatinosa Ktzg. und ähnliche; in Römers „Algen Deutschlands" findet sich sogar in der Diagnose von Gleocapsa stillicidiorum Kg. angeführt „mit sehr feinen gebogenen Fäden — (den Rüsseln der Monaden) — untermischt", während Kützing die grosse Aehnlichkeit von Botryocistys Morum mit Pandorina zugiebt, als Unterschied bei Gleocapsa ampla aber anführt, dass die eingeschlossenen grünen Körperchen von einer besonderen und weiten Hülle umgeben sind, eine Anordnung, welche wie oben gezeigt, bei Pandorina wohl übersehen werden, aber nie fehlen kann. Wer solche Formen, die mangelhaft entwickelt, verkümmert, oder nicht ausreichend untersucht sind, gewaltsam zu neuen Algenspecies presst, kann natürlich einen Uebergang von Algen zu Infusorien etc. nicht entbehren; das Bemühen denselben wissenschaftlich nachzuweisen wird aber zu immer sorgfältigerer Untersuchung und besserer Erkenntniss dieser Formen leiten, welche höchst wahrscheinlich ein Beweismittel für solchen Uebergang nach dem andern richtig wird beurtheilen lehren.

Dann wird auch ein unschuldiges Geschöpf endlich zur Ruhe kommen können, womit bis jetzt zwischen beiden Reichen Fangball gespielt ist, weil es selten unter das Mikroscop gelangen konnte, das Thier meine ich, welches die Hauptmasse des rothen Schnees bildet. Schon im Jahre 1839 erzeugte sich bei mir in Hyacinthengläsern mit Flusswasser im Winter Agardhs Protococcus nivalis, erschien aber als Panzermonade mit Rüssel und lebhafter Bewegung; im September 1842 bei der Versammlung der Naturforscher zu Mainz (Bericht p. 217) wies Dr. C. Vogt nach eigenen Untersuchungen die thierische Natur des rothen Schnees und die Uebergänge desselben Thieres in alle von Shuttleworth nach flüchtiger Untersuchung als Astasia, Gyges und Pandorina unterschiedene Formen nach und theilte mir nicht nur getrockneten rothen Schnee, sondern auch die ganz natürliche Entstehungs-Geschichte desselben mit. Durch Aufweichen der eingetrockneten Kugeln und ihr Rollen unter dem Mikroscope konnte ich die Identität derselben mit den von mir beobachteten Rüsselmonaden durch Auffindung der feinen Oeffnung zum Austritte der Rüssel an jeder Kugel nachweisen, und glaubte nun an die Existenz einer solchen Panzermonade oder Kugelthieres, welches farblos, roth und grün gefärbt vorkommt, je nach der Entwickelung, Unterlage, Witterung und Jahreszeit. — Auf den weiten Schneegefilden der Alpen schmilzt die Frühlingssonne die Oberfläche des Schnees und in den Vertiefungen bilden sich kleine Lachen; unten im Thale jedoch, zwischen den Bergen erzeugt die Sonne eine viel höhere Temperatur und gegen Abend steigt die erwärmte Luft in der bekannten Erscheinung des Thalwindes zu den Gletschern hinauf, je näher der Schneegränze in um so rascherer Strömung. Dieser warme Wind trocknet manchen kleinen Tümpel und die Ränder der grösseren auf seinem Wege aus, führt vegetabilische Ueberreste, Blätter, Halme, auch Bruchstücke von Flechten und Moosen so wie kleine Glimmerblättchen, Sandkörner etc. mit Allem, was von diesjähriger und letzter Flora und Fauna daranhängt, in jene Region mit hinauf und setzt sie in die neugebildeten Lachen des ewigen Schnee's zu weiterer Entwickelung ab, daher auch alle Beobachter zwischen dem rothen Schnee die Glimmerblättchen beobachtet haben, welche doch nicht auf oder aus dem Schnee gebildet sein können. Mit ihnen weht natürlich auch manches andere aus jenen ganz oder theilweise trocken werdenden Sümpfen hinauf, welches Keim zu künftigen Pflanzen und Thieren werden könnte; in jener Temperatur des ewigen Schnees, unter rauhen Winden und intensivem Lichte in dünnerer Atmosphäre gedeihen aber nur äusserst wenig organische Wesen, und die Art ihrer Entwickelung weicht von der an anderen Fundorten ab. — Die Vermehrungsweisen sind folgende:

1) Durch Brutkörner (Eier?) — Die Hülle der Körper vergeht oder platzt und es treten eine Menge sehr kleiner rother Körnchen aus, deren jedes sich zunächst zu einem neuen Individuum entwickelt;

2) durch Gemmen oder Sprossen-Bildung, indem einzelne Körnchen des Parenchyms sich abschnüren, durch allmähliche Vergrösserung ganz ablösen und zu neuen Individuen heranwachsen;

3) durch Längs- und Queertheilung, wobei doppelte und vierfache Exemplare noch von einem gemeinschaftlichen Panzer umschlossen vorkommen. —

Von diesem Gesichtspunkte aus betrachtet, bietet die Abhandlung von v. Flotow (Verhandlungen der kais. Leop. Carol. Akademie der Naturforscher XII. 2. 1844) über Haematococcus pluvialis v. Flw., jede nur zu wünschende Bestätigung der Ansicht, dass die Masse des rothen Schnees, so wie manches Blutregens, von einer Panzermonade gebildet werde, obgleich das unglückliche Vorurtheil dieses Gebilde sei eine Alge, und jede durch äussere Einflüsse, durch Verkümmern und Absterben erzeugte Entwickelungsstufe sei eine Lebensform, zu labyrinthisch verwickelten Versuchen, Messungen und Benennungen führte, welche die ans Licht tretende Wahrheit abstreifen wird, wie der Schmetterling die Raupenhülle. — Nur die Frage schwebt noch: haben wir ein neues Thier vor uns, oder ist es ein bekanntes durch jene Einflüsse in seiner Ausbildung gehemmtes Wesen? — Eine kugelige grüne Panzermonade, ohne rothen Augenpunkt, mit doppeltem Rüssel findet sich in Ehrenbergs Werk noch nicht aufgeführt, aber schon geahnt und bei Cryptomonas? glauca als Diplotricha angedeutet; Panzer, Rüssel und Augenpunkt gehören aber zu den schwierigsten Kennzeichen und sind häufig von verschiedenen Beobachtern übersehen; bei den rothen Formen würde ein Augenpunkt schwieriger zu erkennen sein, und manche für einrüsselig gehaltene Monaden lassen vielleicht später noch einen zweiten Rüssel erkennen, so dass hier die Bestimmung noch einige Schwierigkeiten darbietet. Es darf aber nicht unbeachtet bleiben, dass auf dem ewigen Schnee nichts anderes gedeihen zu scheint wie diese (fraglich als Diplotricha? nivalis zu bezeichnende) Form und Philodina roseola, erstere jedoch, zwischen der reichhaltigen Fauna unserer Gewässer zerstreut vorkommend, sehr schwer zu unterscheiden ist, wenn sie grün gefärbt erscheint und nicht festgelegt oder zerdrückt werden kann. Endlich stimmt die vollkommen ausgebildete Form ganz zu einem Einzelthiere von Gonium oder Pandorina, die Grösse und innere Färbung können, wie sich später bei Euglena zeigen wird, durchaus nicht als triftige Gegengründe angeführt werden; wie! wenn die Temperatur des ewigen Schnees nur die Ausbildung vollkommenerer Monadenstöcke ganz verhinderte, die ja in unseren stehenden Gewässern gegen Mitte Sommers ihr Maximum erreicht, gegen den Spätherbst sinkt und im Winter ganz aufhört? Der rothe Schnee wäre dann nur die Winterform von Pandorina, wo die Theilung langsam vor sich ginge, und die Hülle früher die inneren Thiere frei liesse, oder die Diplotricha wenigstens die augenlose, der Chlamidomonas entsprechende Form, der Kugelthiere? — Solche Fragen dürfen nur aufgeworfen sein und ein geübter Beobachter findet Gelegenheit aufs neue jene Thierchen des rothen Schnees zu untersuchen, so wird sich das Räthsel lösen. — Auf unseren Gewässern bildet sich oft gleich nach dem Schmelzen des Eises im März eine grüne Haut, welche aus ganz ähnlichen Monaden besteht, die bestimmt augenlos sind, als gepanzert und mit zwei Rüsseln versehen, sich freilich nicht ohne Schwierigkeit erkennen lassen, und in der Mitte des Körpers eine runde Drüse mit zwei contractilen Blasen zu jeder Seite aufweisen. Diese Thierchen theilen sich in zwei und vier noch innerhalb ihres Panzers: aber zwischen ihnen kommen auch schon die entsprechenden Formen von Pandorina Morum vor, welche nur runder erscheinen, aber zu dieser Jahreszeit wirklich kleiner gefunden werden, wie einzelne Panzermonaden daneben.

Vierte Familie. Vibrionia. (Zitterthierchen.)

Die Monade war kugelig bis zur Ei- und Cylinderform, die Panzermonade durch äussere Hülle, das Kugelthier durch unvollkommene Selbsttheilung unterschieden: die Zitterthierchen sind Monaden — ohne Darm, ohne Anhänge, ohne Panzer — die sich unvollkommen queer theilen, daher fadenartige, wie Perlen auf der Schnur aneinanderhängende Thierformen bilden.

Physiologisch ist diese Familie fast ganz unfruchtbar geblieben; die sehr kleinen Einzelthiere haben nirgend eine Organisation erkennen lassen, welche an verwandte Formen und Erscheinungen sich anreihen liesse und nur die Beweglichkeit und ungeheure Anzahl, in welcher sie beisammen gefunden werden, zeugen für ihre thierische Natur, welche nie in Zweifel gezogen zu sein scheint.

Eine weitere Erörterung dieser Familie ist hier demnach ganz überflüssig und führe ich nur der Vollständigkeit wegen die Unterschiede der Gattungen an:

IV. Vibrionia. (Zitterthierchen.)	Gliederfäden (Monadenstöcke) als geradelinige Körper (durch rechtwinklige Queertheilung)	unbiegsam	Bacterium.
		schlangenförmig biegsam	Vibrio.
		gewundene Gliederfäden biegsam	Spirochaeta.
	Gliederfäden als spiralförmig gekrümmte Körper (durch schiefe (?) Queertheilung)	" " unbiegsam cylindrisch gedehnt . . .	Spirillum.
		scheibenartig gedrängt	Spirodiscus.

und gehört zu den Naviculaceen.) Die bekannten Gattungen umfassen freie, nicht angeheftete, stiellose Organismen, aus zwei symmetrisch gebildeten Körperhälften bestehend, welche sich durch vollkommene Queertheilung vermehren oder durch unvollkommene Theilung kettenartige Bänder bilden, worin je zwei Glieder einem Individuum entsprechen. Sie zeigen deutliche, wenn auch langsame Ortsveränderung, eine lebhafte Bewegung innerer kleiner Kügelchen und beim Absterben eine Veränderung der grünen Farbe in braun, während der ganze Inhalt des Panzers sich in kleine unregelmässige Klumpen zusammenballt, bis später die beiden Hälften auseinander fallen und der Inhalt im Wasser aufgelöst wird. Ihre Verwandtschaft zu Closterium wird sich im Verfolg dieser Untersuchungen feststellen, von den Naviculaceen unterscheidet sie ihr weicher nicht kieselharter, verbrennlicher Panzer und von den unbezweifelten Algenspecies die bestimmte Gestaltung und Abgeschlossenheit ihrer Körperform, so dass jeder geübte Beobachter eine neue Art auf den ersten Blick als zu den Desmidiaceen gehörig erkennen wird.

Die hier zum Vergleiche ausgewählte Gattung:

Euastrum. Sternscheibe — zeichnet sich unter den Desmidiaceen durch einen flach zusammengedrückten, daher scheibenförmigen, meistens länger als breiten Panzer aus, dessen seitlicher Rand Lappen, Ausbuchtungen, Einkerbungen oder Zähne trägt, und aus zwei symmetrisch gebildeten Hälften besteht. Der innere gallertartige, wasserhelle Körper erfüllt den Panzer bis dicht an den Rand, den feineren Einschnitten in flacherem Bogen vorüberstreichend, und enthält selten grössere Blasen, zeigt unter stärkerer Vergrösserung eine sehr feine Punktirung und ist mit kleinen dunkel begränzten Pünktchen, die in lebhaftester Bewegung sind und von einem Ende zum anderen streifen, in grösserer oder geringerer Anzahl durchsäet. Die sehr grosse Anzahl solcher Pünktchen in einigen kleineren und dickeren Arten giebt denselben bei durchfallendem Lichte nicht selten ein bräunliches Ansehen, sonst hat man bis jetzt nur grüne Euastra beobachtet, deren Färbung an der Verbindungsstelle beider Hälften und den Endpunkten der Längsachse blasser ist oder ganz fehlt. Bei den verschiedenen Arten bildet die grüne Färbung oft dunklere unregelmässig gefaltete und geschlängelte Längsstreifen, häuft sich in dunkleren Massen in der Nähe der Verbindungsstelle an, oder zieht sich auch in breiterem Saume von den seitlichen Contouren ganz zurück. Die einzige bekannte Vermehrung geschieht durch eine eigenthümliche Art der Queertheilung, indem sich zwischen beiden Hälften, von jeder Seite eine neue bildet, die anfangs als blasenartige Hervortreibung nur von farbloser Gallerte und einzelnen grösseren Kügelchen erfüllt ist, in welche allmählig die grüne Färbung nachrückt, während bei fortschreitender Vergrösserung auch die Form der Mutterhälfte sich daran entwickelt. Nach vollendeter Ausbildung derselben, oft früher, trennen sich die vier Hälften in zwei Individuen.

Die Sternscheiben kommen in süssem und selbst brackigem Wasser vor, einige Arten fast überall zwischen Conferven, andere sehr selten und die grösseren und zierlichsten Species meistens nur in Torflachen oder den Abzugsgräben der Torfmoore. Die Grösse der bekannten Arten wechselt von $\frac{1}{200}'''$ bis $\frac{1}{6}'''$; bei derselben Art zeigt sich jedoch häufig eine auffallende Verschiedenheit der Grösse und Ausbildung, nach dem Fundorte, der Jahreszeit und vielleicht der Witterung, wovon bei der Beschreibung der Species Beispiele erwähnt werden.

Die zusammengedrückte Form des länglichen Panzers giebt den Sternscheiben nach den drei Dimensionen der Länge, Breite und Dicke Achsen von verschiedener Länge, da viele Arten mannigfach gestaltete Auftreibungen des Panzers bald auf dieser bald auf jener Fläche zeigen, so bleibt es ein unerlässliches, aber auch genügendes, Erforderniss, jedes Euastrum von drei Seiten zu betrachten, so dass jedes Mal eine dieser Achsen mit der Sehachse des Mikroscops zusammenfällt, oder um ein deutliches Beispiel zu geben, sie zu betrachten wie eine Münze auf der ein Kopf geprägt ist, so dass man erst senkrecht aufs Ohr, dann senkrecht auf die Nasenspitze und endlich senkrecht auf den Scheitel sähe.

Die von mir bis Mitte 1845 beobachteten Arten sind auf der ersten Tafel alle in gleicher Vergrösserung neben einander gestellt, zunächst wie sie von der Fläche gesehen erscheinen. In den beiden anderen Lagen sind fast alle Arten bei solcher Vergrösserung undurchsichtig und man kann nur durch intensives Licht die äusseren Umrisse, idealen Durchschnitten entsprechend, erkennen, welche neben und über jeder Figur angebracht sind. Zu diesen Abbildungen sind die grössten und schönsten Exemplare, welche mir zu Gebote standen, ausgewählt, und diese Darstellungsweise macht die Ausarbeitung conciser Diagnosen für jede einzelne Species ganz überflüssig, da die Form und Grösse des Panzers hier allein den Unterschied der Arten bedingt, und über beide Punkte kein Zweifel bleiben kann; so dass jeder Leser im Stande ist, die Diagnosen nach diesen Abbildungen mit Sicherheit festzustellen. Uebrigens liegt bei der Gattung Euastrum gerade der Fall vor, welcher bei einer Monographie stets der schlimmste ist, nämlich die Schwierigkeit in Unterscheidung bestimmter Arten. Bei Euastrum ist ein grosser Theil dieser Schwierigkeiten allerdings in der Natur selbst begründet, allein die Schriftsteller haben die Sache unendlich viel schlimmer gemacht und eine schwer zu ordnende Verwirrung angerichtet, welche sich von dem ersten Beobachter (1819) bis auf unsere Zeit, wie eine im Fortrücken stets wachsende Lawine, herabgewälzt hat. Obgleich die Verzeichnung wissenschaftlicher Irrthümer eine traurige Pflicht, würde ich mich gern der Ausarbeitung einer pragmatischen Geschichte dieser Gattung unterziehen, wenn es möglich wäre, schon eine dauernde Characteristik der einzelnen Species zu geben; so wie ich aber jetzt die Sachlage finde, muss folgende flüchtige Skizze genügen:

Der Entdecker der Gattung, der verdienstvolle Algologe Lyngbye, verzeichnete unter seinen Algen 1819 ein oder mehrere Arten als Echinella radiosa, denen Agardh 1824 den Namen Echinella ricciaeformis gab. Der schon 1803 von Agardh verwandte Name Echinella hat aber vielleicht die verschiedenartigsten Naturkörper umfasst, die je einen gemeinschaftlichen Gattungsnamen führten, wie Insekteneier, Desmidiaceen, Naviculaceen, Oscillatorien etc., und ist schliesslich von Ehrenberg für die angehefteten, kieselschaaligen Bacillarien verwandt. So lange die Euastra nur für Algen galten, erhielten verschiedene Species mancherlei Benennungen wie Helierella und Heterocarpella, Bory de St. Vincent, Micrasterias Agardh, Ursinella Turpin, Oplarium Losana etc., unter welchen wirkliche Algen und ganz zweifelhafte Organismen mit begriffen wurden, oder deren sprachwidrige Zusammensetzung eine Beibehaltung nicht empfehlen konnte, so dass Ehrenberg, als ihm dieselben mehr thierische wie pflanzliche Kennzeichen boten, den neuen Gattungsnamen Euastrum einführte, um weder botanisch schon verwendete oder fehlerhafte Namen in die Zoologie zu übertragen. — Nun aber entstand eine förmliche Sprachverwirrung. Die Algologen glaubten sich nicht verpflichtet bei ihren Bestimmungen auf alle für Infusorien veröffentlichte Synonyme Rücksicht zu nehmen, neu entdeckte, aber unvollkommen beobachtete Arten wurden zu besonderen Gattungen erhoben, und verschiedene Synonyme neu hervorgesucht, um durch ihre Priorität die Gattung zu zersplittern. Diesen fruchtlosen Bemühungen verdanken wir noch die Einführung der Namen Cymbella (Agardh), Cosmarium und Colpopelta (Corda), Eunotia (Harvey) und Holocystis (Hassal), alle aufgestellt, weil die Autoren unwesentliche Charactere als unterscheidende Gattungsmerkmale glaubten ansehen zu dürfen, oder die vorhandene Literatur unberücksichtigt liessen. Zu verwundern ist es daher nicht, dass der ausführlichste Bearbeiter auch dieser Gattung der Desmidiaceen Ralfs, obgleich er dieselbe unnöthig zersplitterte, keines neuen Namens bedurfte, indem er nur für eine sehr verwandte, von ihm zuerst beschriebene, aber stielrunde Gattung den Namen Tetmemorus einführte. — Die Ansichten und Grundsätze der einzelnen Autoren liessen sich nur bei den einzelnen Species selbst einer gründlichen Kritik unterwerfen, die wesentlichsten Momente boten jedoch Zufälligkeiten, wie das Verhältniss der Länge zur Breite, die Beschaffenheit des Randes oder der ganzen Oberfläche, die nach dem Entwickelungszustande wechseln und daher nie als Gattungsmerkmale dienen können. Ich verweise den Leser daher auf nachstehend mir bekannt gewordene Abhandlungen, worin eigene Beobachtungen der Verfasser veröffentlicht sind:

1819. **Lyngbye.** Tentamen hydrophytologiae danicae.
1820. **Turpin.** Dictionnaire des sciences naturelles.
1824. **Agardh.** Systema Algarum.
1825. **Bory de St. Vincent.** Dictionnaire classique d'histoire naturelle.
1827. **Agardh.** Flora oder botanische Zeitung.
1828. **Turpin.** Mémoires du Museum d'histoire naturelle. **VI.**
1829. **Losana.** Memorie di Torino **XXXIII.** (Isis 1832.)
1830. **Greville.** Hooker: British Flora.
1830. **Agardh.** Flora oder botanische Zeitung.
1831. **Ehrenberg.** Abhandlungen der Akademie der Wissenschaften zu Berlin.
1833. **Kützing.** Linnaea.
1833. **Ehrenberg.** Abhandlungen der Akademie d. W. zu Berlin.
1835. **Corda.** Almanac de Carlsbad.
1838. **Ehrenberg.** Die Infusionsthierchen etc.
1840. **Meneghini.** Linnaea.
1841. **Baily.** Sillimans: American journal for science and arts. **XLI.** 2. October.
1844. **Ralfs.** Annals and magazine of natural history. **XIV.**
1845. **Hassal.** British fresh water algae.

Für die Aufstellung einzelner Arten der Sternscheiben müssen leitende Grundsätze angenommen werden, um die vielfachen Fehler früherer Beobachter in Zukunft vermeiden zu lernen. Einige Schriftsteller, namentlich **Ralfs**, haben schon früher Seitenansichten etc. gegeben, manche Verwechselung der kleineren Species ist aber leicht möglich, wenn man nicht auch den Queerdurchschnitt kennt und ganz sicher stellen nur perspectivische Zeichnungen, wie ich einige auf Tafel II. Fig. 22 bis 26 darzustellen versuchte. Die Geschichte der Entwickelungszustände bleibt auch hier die sicherste Lehrerin, aber selbst günstiger Zufall und eifriges Nachsuchen machen ihre Lehren nur spärlich zugänglich. Die bekannte Vermehrungsweise findet durch Bildung neuer Hälften zwischen den alten statt, deren erste Anlage als ungeformte, blasenartige Hervortreibung zwischen den Hälften erscheint (Tafel II. Fig. 5, 13), wobei sich durch das Nachrücken des grün gefärbten Inhaltes die freie Communication zwischen beiden, der alten und neuen, unzweifelhaft darthut. Zunächst sind die beiden Generationen, obgleich oft schon völlig abgetrennt, aus höchst ungleichen Theilen gebildet (Tafel II. Fig. 4, 5, 6, 11), nicht nur in der Aufsicht, sondern auch im Längendurchschnitte (Tafel II. Fig. 3), wo beide ältere Hälften noch wesentliche Verschiedenheiten zeigen. Erst allmählig bildet sich die feinere Zeichnung des Randes auch in der neuen Hälfte scharf aus, je schneller sich die Theilungen wiederholen, desto verwischter und minder tief werden alle Ausbuchtungen, Zähne und Einschnitte gefunden werden, und ein so wechselndes Verhältniss kann folglich nicht zur Unterscheidung von Gattungen und Arten dienen. Dasselbe gilt von grösseren und kleineren Auftreibungen. Tüpfeln und feinen Stacheln des Panzers, deren minder oder stärker und schärfer Hervortreten durch Altersverschiedenheit bedingt wird. Endlich die Verbindung zwischen beiden Hälften ist stets eine förmliche Naht, die sich beim Absterben trennt, und beide Hälften stehen hier durch eine kreisrunde höchstens ein Drittheil der grössten Breite im Durchmesser haltende Oeffnung in freier Verbindung; bei den dickeren und kleineren ist diese Verbindung oft schwer zu sehen und dahin gehörige Arten sind als in der Mitte zusammengeschnürt anderen, welche tief in zwei Abschnitte getheilt sein sollten, gegenübergestellt. Solche Unterschiede sind gar nicht vorhanden und die Nothwendigkeit durch ganz unwesentliche Formverschiedenheit differirende Species, die in allem Wesentlichen gleichartig gebildet sind, in verschiedene Gattungen zu vertheilen, wird einem Physiologen nie einleuchtend gemacht werden können.

Euastrum. Sternscheibe. Ehrenberg. — Tafel I.

Euastra sind mikroscopische Organismen des süssen Wassers von bestimmt abgegränzter aus zwei symmetrischen Hälften gebildeter Körperform, die einen flachgedrückten verbrennlichen Panzer haben, deren Körper grösstentheils grün gefärbt ist, die sich durch vollkommene Queertheilung vermehren, nie eine zweite Gallerthülle um sich zeigen und länger als breit sind. — Verwechselungen mit Infusorien sind kaum möglich, von den eigentlichen Bacillarien durch den Kieselpanzer derselben bestimmt unterschieden, von den Desmidiaceen durch die flachgedrückte Form des Panzers, welche nur bei Xanthidium aber mit doppeltem Panzer wieder vorkommt.

1) E. minutum. $\frac{1}{120}'''$. — Diese kleinste Art findet sich häufig zwischen Conferven und besteht aus zwei flachgedrückten, ganzrandigen ovalen Hälften. Bisher hat man sie übersehen oder junge Exemplare anderer Species vor sich zu haben geglaubt; da ich jedoch Queertheilung beobachtete und häufig im Bodensatze der Gräben leere Hälften sets von derselben Grösse fand, so ist an der Arten-Verschiedenheit nicht zu zweifeln und ein kleineres Euastrum möchte schwerlich gefunden werden. In der Mitte jeder Hälfte zeigt sich ein dunklerer Körper, wenn nicht die Form eine optische Täuschung bedingt, worüber bei so kleinem Objecte auch die zur Einstellung des Focus benutzte Mikrometerschraube keinen bestimmten Aufschluss giebt.

2) E. ornatum. $\frac{1}{60}'''$. — Cosmarium ornatum. Ralfs. — Doppelt so gross wie das Vorige, nicht so flach und die Mitte jeder Hälfte auf der Fläche in eine halbkuglige Blase aufgetrieben, wie im Queerdurchschnitte deutlich ist. Aeltere Exemplare werden breiter wie lang und die Hälften gegeneinander gebogen, so dass neben der Verbindungsstelle ähnliche Ausbiegung entsteht wie in Fig. 6 und 10, Taf. I. Der ganze Panzer ist mit feinen Tüpfeln besetzt und das Innere oft dicht mit tanzenden schwärzlichen Körnchen erfüllt, wobei zugleich eine lebhafte Ortsveränderung statt zu finden pflegt. Queertheilung ist noch nicht beobachtet, doch ist sicher keine zweite Gallerthülle zugegen, wodurch die Species zu Staurastrum gehören würde. —

3) E. crenatum. $\frac{1}{65}'''$. — Cosmarium crenatum Ralfs. — Etwas kleiner, ganz flach und mit regelmässig ausgekerbtem Rande. Ich habe diese Art sehr häufig mit den vorigen gefunden, doch wahrscheinlich nie ältere Exemplare, deren Panzer in torfigem Wasser zuletzt eine bräunliche Färbung annehmen, Queertheilung und viele leere Hälften von fast gleicher Grösse sind beobachtet, auch hat der Längsdurchschnitt etwas eckiges gegen die Mitte und die Spitze, was keine andere Art wieder zeigt.

4) E. spinosum. $\frac{1}{50}'''$. — E. spinosum und binale Ralfs. — Der Unterschied zwischen den beiden von Ralfs aufgestellten Species beruht im Wesentlichen auf den scharf zugespitzten Randzähnen, welche doch alle Uebergänge von der abgerundeten Spitze bis zum scharfen Stachel zeigen. Ich fasse daher die beiden Arten unter dem zuerst von Ralfs gegebenen Namen spinosum wieder zusammen und muss Heterocarpella binalis (Turpin) und Cosmarium binale (Meneghini) als fragliche Synonyme beifügen, weil ich keinen stichhaltigen Unterschied nachweisen kann. Leider passt die Benennung spinosum zu der gewöhnlichsten Form Tafel I. Fig. 4 sehr schlecht und erst bei solchen Uebergangsformen wie Tafel II. Fig. 16 ist dieselbe angebracht; es schien jedoch nicht zweckmässig durch einen neuen Artnamen noch grössere Verwirrung der Synonyme zu veranlassen. Bei dieser Art zeigen sich zuerst grössere und bis um die Hälfte kleinere Formen in demselben Gewässer, was auf eine besondere Art der Vermehrung hindeutet, wenn nicht die Queertheilung viel früher beginnt und länger dauert. Bei den grösseren Arten lassen sich alle diese Verhältnisse weit leichter verfolgen.

5) E. ovale. $\frac{1}{80}'''$. — Cosmarium ovale Ralfs. (Die Synonyme der übrigen Schriftsteller sind, wo keine bestimmte Vergrösserung angegeben oder das gewöhnliche Ansicht gezeichnet ist, selten zu deuten: Ehrenbergs E. integerrimum und Cordas Cosmarium Cucumis gehören fraglich hieher — Baily bildete in seiner Fig. 28 dasselbe, aber dreifach so gross und mit einem helleren Längsstreifen durch die Mitte, als ob sich eine Längstheilung vorbereitete, ab). Diese durch ihre

6

einfache Form und ein sehr saftiges Grün ausgezeichnete Art giebt den eigentlichen Euastrum-Typus, von welchem durch geringe Abänderung der Gestalt mittelst Auftreibungen auf der Fläche und am Rande oder tiefere und flache Einschnitte des letzteren alle übrigen Arten abgeleitet werden können. Leider ist mir diese zierliche Form nur selten vorgekommen, doch sah ich dergleichen mit glattem und getüpfeltem Panzer; Queertheilung kam mir nicht vor.

6) a. **E. margaritiferum.** $\frac{1}{24}'''$. — Diese häufigste Species ist am leichtesten zu finden und variirt nicht allein in der Grösse sondern auch in der Form, daher die vielfachen Benennungen. — Bis vor Kurzem glaubte ich alle Uebergänge von Ehrenbergs E. margaritiferum, integerrimum und Botrytis gesehen zu haben, wie solche zum Theil auf Tafel II. Figg. 17—21 abgebildet sind; später fand ich jedoch, dass Fig. 18 daselbst eine bestimmte Species sein dürfte, da ich es von verschiedenen Fundorten in derselben Form erhielt. Letzteres ist Ehrenbergs E. Botrytis des grösseren Infusorienwerkes (= E. angulosum Ehr. 1835). — Als Synonyme blieben danach aufzuführen: Heterocarpella pulchra (Bory) — Ursinella margaritifera (Turpin) — Cymbella reniformis (Agardh) — Heterocarpella tetrophthalma, polymorpha und ursinella (Kützing) — Cosmarium deltoides und dentiferum (Corda) — Cosmarium margaritiferum (Ralfs). — Natürlich haben Verwechselungen mit E. ornatum, wo nur die eine Lage beobachtet ist, nicht vermieden werden können und ist eine richtige Vervollständigung der Synonymie unmöglich. — Die Häufigkeit dieser Art und die Möglichkeit grössere Exemplare mit der Loupe aufzusuchen, gab mir Gelegenheit, umfassendere Beobachtungen anzustellen. Die auffallende Verschiedenheit in der Grösse schien auf die Möglichkeit hinzudeuten, dass die kleineren Exemplare ihren Ursprung einer anderen Vermehrungsweise verdanken, wie der Queertheilung, und schon hatte mir die Erfahrung das Vorkommen dieser Species an gelegenen Fundorten während der ganzen frostfreien Zeit des Jahres bestätigt und war mir die Ueberwinterung mehrfach gelungen. — Ich sammelte viele der grössten Exemplare in einer kleinen, flachen, kantigen Flasche (1 Zoll breit und 9''' dick — aus einem Reise-Necessaire), welche ich geöffnet ans Fenster stellen, oder auch, ganz gefüllt mit dem eingeriebenen Stöpsel verschlossen und vorsichtig umgelegt, direkt unter das Mikroscop bringen konnte. Bald hatten sich hie und da an die Wand dieses Gefässes einzelne Exemplare festgesetzt, durch die Loupe liess sich die Queertheilung beobachten und unter dem Mikroscope zeigte sich in der Mitte jeder Hälfte die in den Figuren 6 der Tafel I. und 17, 19, 21 der Tafel II. gezeichnete hellere Stelle mit dunklen tanzenden Punkten. — Die Gelegenheit in solchem Falle die Ortsveränderung zu beobachten war sehr günstig und während des Sommers verschwand stets jedes einfache Exemplar binnen 2 Stunden aus dem Sehfelde, während in der Theilung begriffene fest liegen blieben, und selbst nach erfolgter Theilung noch längere Zeit nur um ein Geringes auseinander rückten. Die Fortschritte der Queertheilung erlaubte die schwächere Vergrösserung (die Dicke der Glaswand war grösser wie die Focaldistanz der stärkeren Linsen-Combinationen) und die stets schiefe Lage der Körpertheilung nicht genugsam zu verfolgen; dagegen zeigte sich die merkwürdige Erscheinung einer die Körpertheilung begleitenden Häutung. Schon vor derselben findet man Exemplare wie Taf. I. Fig. 6. mit einer zweiten Gallerthülle umkleidet, die nach der Theilung fehlt, und oft als abgelegtes Kleid noch in der Nähe zu sehen war, während kleinere Exemplare selbst in durch Farbe getrübtem Wasser zwischen Glasplatten keine solche Hülle erkennen liessen. Auf diese wichtige Entdeckung muss ich bei Euastrum Rota zurückkommen. — Eine andere Vermehrungsart während des Sommers und Herbstes zu entdecken gelang mir nicht, gegen den Winter verminderte sich die Zahl der an den Wänden des Gefässes haftenden Exemplare und ich fand sie nur im Bodensatze des Wassers mit zahlreichen leeren Panzern und getrennten Hälften. Ende Januar bemerkte ich in diesem Bodensatze zahlreiche grüne Häufchen von verschiedener Grösse und Intensität der Färbung, welche in feinen Streifen in zwei Ecken des Gefässes gegen die Oberfläche heraufstiegen, und glaubte durch die Loupe betrachtet die jungen Euastra gefunden zu haben; leider war dieses eine Täuschung: einzelne Häufchen bestanden freilich später wirklich aus jungen Individuen, neben diesen kamen jedoch in grösster Menge runde und

ovale grüne **Körperchen** vor, welche in weitabstehenden kugligen Gallerthüllen eingeschlossen waren, die wieder eine formlose zerfliessende Gallerte zu umgeformten Massen verband, worin aber durch gleiche Grösse sich immer je 2 oder 4 und mehr als aus Theilungen hervorgegangen auswiesen. Diese grünen Anfänge können sich vielgestaltig entwickeln, und ich würde nach dem Erfolge sie vorzugsweise zu Pandorina Morum haben ziehen müssen, deren Kugeln sich im wärmeren Frühlinge zahllos in diesem Gefässe einstellten; zwischen den grössten Formen des E. margaritiferum und jenen Haufen kleinerer Individuen fand sich aber durchaus kein Verbindungsglied, wenn es nicht in diesen Körperchen zu suchen ist, von welchen überdiess einige stärker ovale Form annehmen und eine mehr blaugrüne Farbe zeigen, wie bei Pandorina vorgekommen ist. — Angenommen eine andere Vermehrung wie durch Theilung sei durch das Erscheinen von einzelnen Häufchen kleinerer Exemplare erwiesen, so bedarf es nur des glücklichen Zufalles, dass einem Beobachter ein E. margaritiferum in dem Zustande in's Sehfeld kommt, wo diese kleineren im ersten Anfange daraus entstehen, um die Sache vollkommen aufzuklären: bis dahin muss dieser Vorgang nach der Analogie verwandter Organismen zu deuten versucht werden und liegt die Vermuthung nahe, dass jene ersten Anfänge mit der späteren, entwickelten Form gar keine Aehnlichkeit haben. Unter den Euastren bietet diese Species durch ihre Häufigkeit und Grösse, und weil sie immer in verschiedener Grösse vorkommt, unstreitig die günstigsten Verhältnisse dar, um eine solche Vermehrungsweise zu entdecken, welche ohne Zweifel im Laufe des Winters und im Schlammüberzuge 'des Bodens der Gewässer vor sich geht.

6) b. E. Botrytis. $\frac{1}{35}'''$. Tafel II. Fig. 18. — Die Synonymie ist bei dieser Art noch schwieriger zu ermitteln, wie bei der vorigen; zu erwähnen möchten sein Euastrum angulosum (Ehrenberg) 1835 und Heterocarpella Botrytis (Bory de St. Vincent), Cosmarium Botrytis (Meneghini), Cosmarium deltoides (Corda), welche oft nur auf einen Theil der gegebenen Abbildungen passen, während Ralfs und Hassal eine Zeichnung gaben, die offenbar zur vorigen Art gehört und doch das Cosmarium Botrytis (Meneghini) darstellen soll. — Der sicherste Unterschied von E. margaritiferum ergiebt sich in der Seitenlage, welche ähnliche Hervorragungen zeigt wie E. verrucosum Taf. I. Fig. 11 und Tafel II. Fig. 23, wovon ich leider keine Abbildung mehr aufnehmen konnte. Zudem erhielt ich viele Exemplare von verschiedenen Fundorten alle von derselben regelmässigen Gestalt, sah die Queertheilung und fand leere Schaalen und Hälften von derselben Form und Grösse. Die Tüpfel des Panzers, welche den Rand gekerbt erscheinen lassen, sind bei älteren Exemplaren grösser und in regelmässige Reihen geordnet.

7) E. gemmatum. $\frac{1}{60}'''$. — Cosmarium gemmatum (Meneghini), Euastrum gemmatum (Ralfs). Die Form dieser Art ist wegen ihrer Dicke sehr schwer zu ermitteln, die Figuren der ersten Tafel geben sie jedoch ganz genau wieder. Die Form kam selten doch in hinreichender Anzahl und selbst in Queertheilung vor, so dass die Art ganz sicher ist. Die Gestalt ist fast cubisch und überall durch halbkuglige Auftreibungen des Panzers verziert, daher von dem Inhalte desselben wenig zu sehen ist und hellere Stellen mit tanzenden Körperchen nicht beobachtet werden konnten. — E. rostratum Ralfs war vielleicht nur ein älteres Exemplar dieser Species? —

8) E. ansatum $\frac{1}{45}'''$ und

9) E. didelta $\frac{1}{27}'''$ sind zwei so verwandte Arten, dass nur die sorgfältigste Untersuchung einen bestimmten Unterschied auffinden lässt, wenn überhaupt ein genügender Grund zur Trennung in zwei Species vorliegt; welche von beiden den verschiedenen Beobachtern vorgelegen lässt sich selten entscheiden, da ausser der Grösse auch der Queerdurchschnitt berücksichtigt werden muss. Die Synonyme fallen daher zusammen: Heterocarpella didelta (Turpin), E. ansatum (Ehrenberg), Cosmarium lagenarium (Corda), Cosmarium didelta (Meneghini), Euastrum didelta (Ralfs). — Ich fand beide Artnamen gegeben, sah E. ansatum flacher, von verschiedener Grösse, im Längendurchschnitt nach beiden Enden spitzer, im Queerdurchschnitt fast gleich breit und tiefer eingekerbt, wie eine Vergleichung der Abbildungen besser wie jede Beschreibung darthun wird. Auch andere Arten bieten jedoch

6*

ähnliche Verschiedenheiten dar, und nur der Umstand, dass ich viele abgestorbene Exemplare und leere Hälften von beiden fand, ohne Uebergänge dazwischen, bestimmte mich, die beiden Species getrennt aufzuführen. — Auch dieser Umstand findet jedoch vielleicht darin genügende Erklärung, dass die kleinere Art einjährige, die grössere überwinterte Exemplare wären, in welchem Falle auch beide Queertheilung zeigen könnten, wie etwas Aehnliches bei Closterium Trabecula beständig vorkommt. Die Entscheidung muss sorgfältiger Prüfung vorbehalten bleiben.

10) E. Pecten. $1/_{12}'''.$ — Der Kamm. — Oparium pterophorum (Losana), Echinella oblonga (Greville), Euastrum Pecten (Ehrenberg), Cosmarium oblongum (Meneghini), Cosmarium sinuosum (Corda), Eutomia oblonga (Harvey), Euastrum oblongum (Ralfs). — Diese Form, noch einmal so gross wie die vorige, wiederholt dieselbe genau, nur sind die schwächeren Ausbuchtungen des E. didelta tiefere Einschnitte geworden. Diese ändern jedoch ab, wie schon aus sorgfältiger Vergleichung mit der Fig. 9 Tafel II. erhellt und bei den folgenden Arten noch deutlicher wird, so dass eine weitere Verfolgung der eben angeregten Vermuthung auf den Weg führen könnte, E. ansatum und didelta für jüngere, vielleicht durch eine andere Vermehrung wie Queertheilung entstandene Formen des Kammes zu halten, wo dann letzterer mindestens dreijährig sein dürfte. Man findet nur um etwas kleinere Exemplare und das ganze Jahr hindurch ausgewachsene in Menge, was zu einer Vermuthung der Art noch mehr berechtigen kann. Die Thatsache bestimmt zu ermitteln bleibt jedoch unendlich schwierig. Am leichtesten liesse sich an gelegenen Fundorten das zahlreichere Vorkommen des E. ansatum im Frühlinge nachweisen, wo im Herbste nur E. didelta und Pecten vorkommen müssten. Auch der Kamm zeigte mir bei der Queertheilung eine vollkommene Häutung, wie E. margaritiferum, wobei eine dicke glashelle Haut genau von den zierlichen Umrissen dieser Sternscheibe sich langsam ablöst und das längere Zusammenhaften der neugebildeten Individuen zu bedingen scheint. Bei dieser Art sieht man seltener hellere begrenzte Stellen, dagegen waren die kleinen tanzenden Körper überall verbreitet, und in lebhaftester Bewegung von einem Ende zum anderen wandernd; zuweilen, wie es scheint bei bevorstehender Queertheilung, finden sich zwei dunklere parallele Längsstreifen Tafel II. Fig. 9 vor, welche auch in der daneben gezeichneten Seitenlage Fig. 8 zu sehen sind, und in ähnlicher Weise bei anderen Arten vorkommen. In den flacheren kleineren Euastren kann man diese dunkleren Stellen meistens in lauter kleine schwarze tanzende Körperchen auflösen, wenn man intensives Licht durchfallen lässt, was hier die Dicke des Objectes nicht zulässt. Nicht selten besteht auch eine wesentliche Verschiedenheit in der Färbung beider Hälften, indem die eine sehr dunkel gefärbt ist, während die andere ein lichtes saftiges Grün zeigt, worin nur wenige der kleinen dunkelen Körperchen zerstreut sind.

11) E. verrucosum. $1/_{25}'''.$ — Euastrum verrucosum (Ehrenberg), Cosmarium verrucosum (Meneghini). — Obgleich ziemlich häufig scheint diese Art doch verhältnissmässig selten beobachtet zu sein. Der Zufall liess mich bei der Zeichnung für die Tafel I. ein kleineres Exemplar benutzen, später fand ich sie viel grösser, wie die Abbildungen auf Tafel II. Fig. 12, 13, 25 zeigen. Die Form erhellt aus den Zeichnungen zur Genüge und zugleich, dass sich E. Botrytis zu dieser Species ganz ähnlich verhält wie E. didelta zu E. Pecten. Wegen ihrer Dicke erscheint sie meistens sehr dunkel gefärbt, wozu aber auch die zahlreichen tanzenden Körperchen viel beitragen, welche unter den halbkugligen Auftreibungen des Panzers zusammengehäuft in jeder Hälfte vier dunkle Flecken bilden, welche jedoch keine scharfe Begrenzung haben und auch theilweise verschwinden können. Der Panzer ist in regelmässigen Reihen getüpfelt, welche auf den Auftreibungen in concentrischen Kreisen stehen. Die Queertheilung sah ich im ersten Beginnen Tafel II. Fig. 13, wo zwei neue Hälften zwischen den alten als halbkuglige Blasen hervortreten, die sich an einander abplatten und bald eine konische Gestalt annehmen; ihr Inhalt ist anfangs ungefärbt mit zahlreichen Körnchen durchsäet und zeiget oft grössere Kugeln (Tafel II. Fig. 13 a. a.), die von anderen Beobachtern für Stärkemehl gehalten sind. Später tritt der grüne Inhalt von jeder Seite mit drei zapfenartigen Fortsätzen in die neuen Hälften herein,

welche bei fernerer Vergrösserung allmählig die Form der alten annehmen, und oft bis zu völliger Ausbildung verbunden bleiben (Tafel II. Fig. 12), oft viel früher an ihrer Verbindungstelle sich trennen, so dass man Individuen mit ganz ungleichen Hälften findet: die Häutung, bei welcher es interessant wäre, ob auch auf der abgelegten Haut die Tüpfel zu sehen, was ich bei E. margaritiferum nicht fand, beobachtete ich noch nicht.

12) E. bifidum. $\frac{1}{40}$''. — Diese Form ist vielleicht von Ehrenberg beobachtet und in dem grösseren Infusorienwerke Taf. XII. Fig. 3 als jüngeres Exemplar von der folgenden Art abgebildet. Hassal in seinem Algenwerke p. 386 bildet dafür ein neues gewiss unnöthiges Genus Holocystis und beschreibt eine Holocystis oscitans, die aber nur in einer Lage abgebildet ist, welche allein durch den Mangel der Zähne an den Spitzen unterschieden wäre. Zu diesem Genus zieht Hassal fraglich die erwähnte Figur Ehrenbergs und Arthrodesmus convergens, wovon sich später herausstellen wird, dass er ein Xanthidium ist. Die oben ausgesprochenen Vermuthungen über den Zusammenhang verschiedener Arten mögen auch auf diese Form und eine der folgenden Anwendung finden können; für jetzt erforderte die Consequenz diese Species gesondert aufzuführen, da Längen- und Queerdurchschnitt bestimmte Verschiedenheiten zeigen, wie auch aus Tafel II. Fig. 22 erhellt. Ich fand nur wenige Exemplare und sah die Queertheilung nicht.

13) E. Crux melitensis. $\frac{1}{18}$''. Das Maltheserkreuz. — Echinella radiosa (Lyngbye), Echinella ricciaeformis (Agardh), Helierella Lyngbyi (Bory de St. Vincent), Micrasterias radiosa (Agardh), Euastrum Crux melitensis (Ehrenberg), Micrasterias ricciaeformis (Kützing), Micrasterias melitensis (Ralfs?) — Eine Verwechselung mit den folgenden Arten konnte frühere Beobachter leicht irre führen und macht die Synonyme sehr unsicher. Um die Verwirrung noch zu vermehren beschrieb Ralfs als Micrasterias melitensis eine Form, die gar nicht zu dieser Art passt und vielleicht ein Xanthidium gewesen sein dürfte, welche Hassal wieder als Micrasterias radiata aufgeführt hat. — Das Maltheserkreuz ist die zierlichste Form von allen und eines der hübschesten mikroscopischen Objecte überhaupt. Die Verschiedenheit von den folgenden Arten zeigt sich ausser der Theilung des Randes durch zwei mittlere Auftreibungen im Queerdurchschnitte und den stets glatten Panzer; freilich ändern diese Verhältnisse auch bei der grössten Art ab, bevor jedoch eine Entwickelungsgeschichte die erforderlichen Uebergänge nachweisen kann, müssen die Formen einzeln im Systeme aufgeführt werden.

14) E. Scutum. $\frac{1}{22}$''. Der Schild. — Manche Abbildungen des E. Rota lassen sich auf diese Form vielleicht beziehen, sicher jedoch bildete sie erst Ehrenberg in seinem Infusorienwerke Taf. XII. 1 g und h ab und bezeichnete sie als jüngere Exemplare des E. Rota = Cosmarium truncatum (Corda). — Dem vergeblichen Versuche die Entwickelung dieser Species zu E. Rota zu verfolgen verdanke ich die wesentlichste Belehrung über die Vorgänge bei der Queertheilung der Euastra, deren Erörterung bei E. Rota folgen wird. Durch Längen- und Queertheilung unterscheidet sich der Schild zur Genüge, die auf Tafel II. Fig. 10 und 11 in zwei Stadien gezeichnete Queertheilung und die leere Hälfte Fig. 26 daselbst erläutern die Bildung der Form noch anschaulicher. Aber auch eine Uebergangsform zu der folgenden Art kann der Schild nicht sein, weil alle Stadien, welche eine Euastrum-Hälfte in ihrer Entwickelung durchlaufen kann, an dieser Art durch deutliche Kennzeichen nachgewiesen werden können. Endlich finden uns Gewässer in denen E. Scutum selten und Rota häufig ist, oder umgekehrt, und selbst das ausschliessliche Vorkommen des E. Scutum in einzelnen Gräben ist mir sehr wahrscheinlich. — Die Dicke des Körpers erlaubt auch hier selbst bei intensivem Lichte nur undeutliche dunklere Falten und Streifen zu erkennen, welche ohne Zweifel durch tanzende Kügelchen bedingt sind; eine hellere Stelle findet sich wie bei anderen Arten an jedem Ende der Längsachse, zuweilen auch zu beiden Seiten der Verbindungsstelle beider Hälften und dann bei der Queertheilung in den älteren Hälften deutlicher, wie in den jüngeren. Die Queertheilung beginnt ganz wie bei E. verrucosum; nachdem die neuen Hälften sich vergrössert haben, entsteht die Form von

Tafel II. Fig. 11 durch Einbuchtung des Randes; wie dick die neuen Hälften jetzt sind, vermag ich nicht anzugeben, da leider es bisher nicht gelingen wollte in diesem Zustande eine Seitenlage zu erhalten; sehr häufig erfolgt schon jetzt die Trennung der beiden Individuen, wo nicht so bildet sich durch allmählig tiefere und zahlreichere Einkerbung des Randes das Taf. II. Fig. 10 gezeichnete Doppelexemplar. Von einer Häutung habe ich nichts beobachtet, aber auch, seit ich auf dieselbe aufmerksam wurde keine Queertheilung dieser Species verfolgen können. —

15) E. Rota. $\frac{1}{6}$'''. Das Rad. — Micrasterias rotata (Agardh), Echinella rotata (Greville), Euastrum Rota (Ehrenberg), Eutomia rotata (Harvey), Cosmarium stellinum und C. truncatum [?] (Corda). — Was die bisher erwähnten Arten an Formveränderungen wahrnehmen liessen, verliert sich gegen die mannigfaltigen Gestaltungen des Rades in's Unbedeutende und ein sorgfältigeres Studium derselben führte zu so eigenthümlichen Aufschlüssen, welche für diese Gattung und die ganze Abtheilung der Desmidiaceen von wesentlichem Einflusse bleiben werden, dass eine ausführlichere Darstellung derselben hier gewiss Platz finden darf:

Die natürliche Voraussetzung, dass diese Organismen wachsen wie andere, und um so grösser vorkommen, je älter sie sind, erweist sich zunächst als trügerisch. Taf. I. Fig. 15 stellt eines der grössten Exemplar vor, die ich gesehen, oft waren jedoch nur halb so grosse allem Anscheine nach älter. Diese Verschiedenheit kann wie andere Abweichungen von dem Fundorte abhängig sein, indess haben auch die Umstände, unter welchen die Queertheilung vor sich geht, darauf Einfluss. Ehrenberg sagt, wenn zwei Scheiben zusammenhängen sind allemal die beiden mittleren Hälften kleiner, bei Taf. II. Fig. I. sieht man aber, dass die ältere Hälfte des oberen Individuums kleiner ist, wie die jüngere neu gebildete, und dieses Kennzeichen daher nicht entscheidend sein kann. Vergleicht man dagegen die verschiedenen Stadien der Queertheilung Tafel II. Fig. 5, 4, 1, 6 so findet man die Einschnitte des Randes der neu gebildeten Hälften allmählig tiefer und häufiger, die Zähne des Rades zahlreicher und schärfer werdend, und die Hälfte, welche die meisten und schärfsten Randzähne hat, ist sicher die ältere. Jede Hälfte zerfällt durch 4 tiefe bis auf $\frac{1}{3}$ des Radius gegen den Mittelpunkt convergirende Einschnitte in 5 Lappen, von welchen der mittlere ungetheilt bleibt, anfangs nur drei flache Ausbuchtungen zeigt, deren mittlere allmählig tiefer wird, während die seitlichen zuletzt am Rande noch zwei oder drei kleine Zähne erhalten, wie bei E. Crux melitensis. Jeder der 4 seitlichen Lappen wird wieder durch einen etwa halb so tiefen Einschnitt getheilt, wodurch 8 secundäre Lappen entstehen, die wieder halb so tief in der Mitte eingeschnitten sind, so dass 16 seitliche Randzähne auf der Stirn des Rades erscheinen. Jeder dieser Randzähne verhält sich wie der mittlere ungetheilte Lappen, ist anfangs nur ausgebuchtet und erhält zuletzt durch 3 Einkerbungen, deren mittlere etwas tiefer ist, 4 Zähnchen, oft auch mehr. — Der Queerschnitt über Fig. 15 Tafel I. und die Abbildung der leeren Hälfte Tafel II. Fig. 25 zeigen in der Nähe der Verbindung beider Hälften 3 kegelförmige Auftreibungen des Panzers, unter welchen sich das Material für die neuen Hälften zu bilden scheint, und in denen oft Verlängerungen der grünen Färbung zapfenartig hervorragen Taf. I. Fig. 15, während in der Regel um die Mitte ein rundlich abgegrenzter Fleck ungefärbt erscheint Taf. II. Fig. 6; bei älteren Exemplaren, vielleicht nach rascher sich folgenden Queertheilungen nehmen die beiden seitlichen dieser Auftreibungen verschiedene Gestalten an, indem sie sich bauchig erweitern, ihre Spitze sich verlängert und auf die Fläche des Rades umbiegt parallel mit der Berührungsfläche beider Hälften. In flach liegenden Exemplaren erscheinen sie dann sehr dunkel wie Tafel II. Fig 1 an den älteren Hälften. Andere conische Erhabenheiten finden sich oft auf der Fläche des Rades bald regelmässig, bald unregelmässig vertheilt, meistens am schmalen Verbindungstheile der 4 grösseren und 8 secundären Lappen neben dem Grunde jedes Einschnittes Taf. II. Fig. 1; diese conischen Auftreibungen sind in der Regel schwer zu sehen, weil die Färbung der Scheiben zu dunkel ist, lässt man jedoch intensives Licht durchfallen und entfernt, wenn das Object ganz flach liegt und die Randzähne im Focus waren, die Linsen allmählig vom Objecttische, so erscheint bald nachdem das ganze Bild des Euastrum schon undeutlich geworden ist, über jeder dieser Erhabenheiten eine viel blasser grüne kreisförmige Scheibe durch eine optische Täuschung, welche die kegelförmige Gestalt derselben bedingt. Im Längendurchschnitt, der genau durch die Mitte fällt (Taf. I. Fig. 15.), sieht man keine derselben, weil der mittlere Lappen keine trägt, verstellt man jedoch den Focus, so erscheinen sie und man kann oft mehrere solcher Durchschnitte übereinander zeichnen, wie Taf. II. Fig. 2. bei 600facher Vergrösserung versucht ist; nur bleibt es sehr schwierig, das Object in der Lage zu erhalten, dass die längste und kürzeste Achse genau dem Objecttische parallel liegen. Das in der Queertheilung begriffene Exemplar (Taf. II. Fig. 4.) zeigte in einer solchen, in Figur 3. daneben gezeichneten, Lage nicht nur eine wesentliche Verschiedenheit der beiden älteren Hälften in dieser Beziehung, sondern auch den gänzlichen Mangel jener Auftreibungen auf den beiden jüngeren, doch bereits zu ²/₃ ihrer wahrscheinlichen Grösse herangewachsenen Hälften. — Es wäre schwierig, aber zu erreichen, die Lage und Beschaffenheit dieser Erhabenheiten zu ermitteln, wenn — irgend eine Regelmässigkeit darin gefunden würde; bis jetzt habe ich aber fast nur Verschiedenheiten in dieser Beziehung beobachtet, und die meistens überall ungleiche Färbung lässt bei blasseren Exemplaren oft an ganz abweichenden Stellen des Panzers leicht mit diesen Erhabenheiten zu verwechselnde hellere Scheiben und Kreise beobachten. Als sicher auf den älteren Exemplaren (mindestens auf einer Hälfte) vorhandene Auftreibungen, ausser den drei am Mittelpunkte des Rades, kann ich daher nur 4 am Grunde jedes Lappens und am Grunde jedes secundären Lappens angeben. — Andere kuglige Körper erscheinen oder sind der Färbung halber nur periodisch sichtbar, zeigen verschiedene Grösse und sind ganz unregelmässig vertheilt Taf. II. Fig. 6. 7.; sehr selten zeigt sich ein solches Körperchen auch im ungefärbten Saume der Scheibe, namentlich in dem stets helleren, oft ganz ungefärbten Ende des mittleren Lappens Taf. II. Fig. 6. in der unteren Hälfte und erscheint offenbar als das, was andere Beobachter für Amylum erklärt haben.

Von grossem physiologischem Interesse musste es sein, bei einem Euastrum die Queertheilung durch alle Stadien zu verfolgen, lange jedoch war alle Mühe, welche ich auf Belauschung dieses Vorganges verwenden mochte, vergebens; ich fand nur ausgebildete Doppelexemplare und ungleiche Hälften (Taf. II. Fig. 1. und 6.), als Resultate derselben, indess beides nach eifrigem Suchen doch so häufig, dass sich herausstellte, die Entwickelungsformen, wie sie in Taf. II. Fig. 4. und 5. dargestellt sind, könnten nur von kurzer Dauer sein. Ich suchte nun die Exemplare zu unterscheiden, bei welchen eine baldige Queertheilung bevorzustehen schien, wählte die grössesten, die dunkelsten, diejenigen, deren Hälften möglichst gleich entwickelt schienen, sehr helle und mit grösseren Blasen erfüllte etc. aus, trug sie in einem Tropfen zusammen und hielt diesen unter genügendem Ersatz des verdunstenden Wassers mehrere Tage unter dem Microscop — ohne allen Erfolg in dieser Beziehung. Endlich löste ein Zufall das Räthsel. Meine Beobachtungen waren, wie das in der Regel der Fall sein möchte, Nachmittags und Abends angestellt, wo ich oft eine feststehende Loupe auf ein an der Wand des Glases haftendes Euastrum gestellt hatte, um am folgenden Tage zu bemerken, wie weit es sich entfernt habe; viele dieser Exemplare konnte ich gar nicht wieder finden, wenn ich Nachmittags darnach suchte und sah daher auch am folgenden Morgen nach, wo ich in demselben Glase, welches Abends vorher, trotz mühsamen Durchsuchens, keine Queertheilung auffinden liess. schon mit der Loupe zwei Exemplare, wie Taf. II. Fig. 5. entdeckte. Dieselben wurden in hinreichendem Wasser unter das Microscop gebracht, um sie Nachmittags mit Musse zeichnen zu können; aber wie sehr war ich erstaunt, bei meiner Rückkehr zwei ausgebildete Doppelexemplare zu finden, wie Taf. II. Fig. 1. Alle späteren Versuche bis in den Herbst ergaben dasselbe Resultat und berechtigen zu der wichtigen Folgerung; dass: jede Queertheilung in sehr kurzer Zeit — höchstwahrscheinlich von Sonnenaufgang bis zum Abend — soweit vollendet ist, dass die neuen Hälften mindestens die Form und Grösse der älteren erlangt haben, so weit es sich, wenn sie flach liegen, beurtheilen lässt, während die conischen Erhabenheiten, wie schon erwähnt wurde und aus Taf. II. Fig. 3. erhellt, anfangs fehlen: oft zeigten sich am folgenden Tage Spuren derselben.

So interessant diese Entdeckung auch war, so schnitt sie doch leider mit einem Schlage jede Hoffnung ab, durch sorgfältiges Studium dieser Entwickelungsgeschichte zu weiteren physiologischen Aufschlüssen zu gelangen, denn selbst bei mehrstündiger aufmerksamer Verfolgung dieses Processes war die Veränderung unmerklich für das Auge und erst mit Hülfe des Mikrometers konnte jede Viertelstunde die Vergrösserung dargethan werden ohne im Inneren der neuen Hälfte bemerkbare Veränderungen nachzuweisen, die nicht aus meinen Abbildungen zu entnehmen sind. Erst nachdem dieser schleunige Verlauf der Queertheilung von mir erkannt war, entdeckte ich bei E. margaritiferum und Pecten die Häutung, musste mir jedoch selbst sagen, dass in der Weise bei E. Rota der tiefen Einschnitte halber diese Erscheinung kaum vorkommen könnte; eine solche Häutung zu beobachten gelang mir auch nicht; durch verschiedene Versuche bei möglichst stark abgeblendetem Lichte (mit Hülfe von Diaphragmen, die sich unter dem Objecttische nicht nur horizontal bewegen, sondern auch höher und niedriger stellen lassen) vermochte ich später an den älteren Hälften eine Schleimschichte deutlich zu machen, welche durch eine allmählige Auflösung der äusseren Haut bedingt scheint, wie solche bestimmter bei Closterium von mir nachgewiesen werden konnte und bei C. Trabecula Tafel III. Figur 19 abgebildet ist. Diese Schleimschicht fehlt den nicht in der Queertheilung begriffenen Exemplaren, wie sich durch mit Farbe getrübtes Wasser nachweisen lässt; nur an jenem Punkte, wo die Doppelexemplare zuletzt sich trennen, scheint erst später eine solche Auflösung zu erfolgen, daher dieses Ende des mittleren Lappen gewöhnlich durch einen solchen Schleim an der Wand des Glases oder an Wasserpflanzen etc. festklebt, so dass es nothwendig wird, ein solches Euastrum mit der Nadel abzulösen, um es durch den in die Pipette dringenden Wasserstrom mit fortreissen zu können. Aus diesem Grunde findet man in Gefässen die längere Zeit ruhig gestanden haben, die Mehrzahl derselben in aufgerichteter Lage, wie ich sie in den Abbildungen beibehalten habe.

Andeutungen zu einer anderweitigen Vermehrung des E. Rota habe ich bis jetzt nicht wahrgenommen, namentlich nicht kleinere Exemplare beobachtet, welche zu grösseren heranwachsen könnten, weil stets die Beschaffenheit und Zahl der Randzähne auf eine vollkommene Ausbildung hindeutete. Nur die Möglichkeit einer Metamorphose aus einer anderen Species, welches hier E. Crux melitensis sein würde, bleibt weiterer Erwägung vorbehalten: da jedoch E. Rota zu allen Jahreszeiten in vollkommen ausgebildeten Individuen vorkommt, so wird es höchst wahrscheinlich, dass es kein einjähriges Product sein dürfte, wenn eine andere Vermehrungsweise existirt, was wieder, ausser der Analogie mit E. margaritiferum, für sich anführen lässt, dass die Queertheilung doch immer zu selten beobachtet ist, um eine hinreichende Vermehrung der Individuen zu Wege zu bringen.

Die beiden Hälften eines E. Rota stehen durch eine kreisrunde Oeffnung mit einander in Verbindung, durch welche die erste Spur der neuen Hälften bei der Queertheilung hervortritt, vor derselben muss also durch die Haut beider diese Communication gehindert sein. Die kleinen tanzenden schwarzen Körperchen schienen mir oft aus einer Hälfte in die andere überzugehen, ob solches jedoch immer der Fall sei, liess sich nicht ermitteln, weil die meisten Exemplare zu dunkel gefärbt sind und noch kein sicheres Merkmal aufgefunden, wodurch eine beginnende Queertheilung zu erkennen ist. Der runde helle Fleck im Mittelpunkte der ganzen Scheibe vergrössert sich mitunter zu einem länglichen Ovale gegen die Basis des mittleren Lappens, und hier sowie in den ungefärbten Stellen am Rande des letzteren, welche oft in der Mitte noch durch einen grünen Streifen in zwei Hälften getheilt sind, scheint die Bewegung jener dunklen Körperchen äusserst lebhaft. Es lag daher nahe an diesen Stellen nach etwa vorhandenen Oeffnungen zu suchen und in der That glaubte ich einst solche in dem Taf. II. Fig. 2. bei 600facher Vergrösserung im Längsdurchschnitt gezeichneten Exemplare bei a a aufgefunden zu haben: dieselben zeigten sich zwar nur in der unteren Hälfte, was jedoch Folge der Queertheilung sein konnte; eine Bewegung im Wasser, Austreten des grünen Inhaltes an dieser Stelle bei Druck etc. und dieselben Oeffnungen an leeren Hälften wurden dagegen fruchtlos aufgesucht. Bei der äusserst schwierigen Beobachtung eines solchen, auf der Kante stehenden Körpers bei so starker Vergrösserung ist mir daher eine Täuschung wahrscheinlicher, die entweder durch die seitliche Ansicht einer Ausbuchtung der nahe dem Mittelpunkte auf den älteren Hälften vorkommenden Auftreibungen Taf. II. Fig. 1. oder durch zwei zufällig symmetrisch gelagerte grössere Kugeln, wie sie bei Euastrum verrucosum Taf. II. Fig. 13. ebenfalls a. a. bezeichnet sind, veranlasst gewesen sein mag. Eine andere Oeffnung als die mittlere, zur anderen Hälfte führende hat die leere, vollkommen durchsichtige und in jeder Lage sorgfältig geprüfte Panzerhälfte mir nicht gezeigt. —

Die chemischen Bestandtheile der Sternscheiben zu ermitteln war bisher aus dem Grunde unmöglich, dass eine genügende Quantität, nur aus denselben bestehend, zu einer Analyse nicht erhalten werden kann. Das mögliche aber unsäglich mühsame Unternehmen die erforderliche Menge einzeln zusammentragen zu wollen, würde doch ein Gemisch verschiedener Arten und die Individuen in allen Entwickelungszuständen liefern, was selbst bei sorgfältigster Analyse wenig dankbare Resultate geben könnte. — So wie die Beschaffenheit des Panzers nach der optischen Erscheinung vielen Gebilden im Thier- und Pflanzenreiche ähnlich ist, so auch in seinem chemischen Verhalten, so weit es zu prüfen möglich war; im Wasser erhält sich der leere Panzer wie es scheint sehr lange, beim Erhitzen desselben sowie in starken Lösungen von Alcalien oder Säuren schrumpft er ein, bekommt Runzeln und Falten und eine leicht bräunliche Trübung wird nach längerer Einwirkung bemerkbar, womit eine langsame Auflösung zu beginnen scheint. Die Jodtinktur färbt ihn nicht.

Der Inhalt zieht sich bei diesen Versuchen schnell vom Rande gegen die Mitte zusammen, wird braun oder entfärbt sich, und zerfällt in unregelmässige zuletzt dunkelbraune Klümpchen. Auch Jodine färbt den ganzen Inhalt braun, welche Farbe an den Stellen, wo mehr Masse oder grössere Kugeln zusammengehäuft sind, äusserst dunkel erscheint; bei sehr intensivem Lichte und durch Zerdrücken solcher Exemplare überzeugte ich mich stets, dass nicht die grösseren Kugeln des Inneren blau gefärbt waren, selbst nicht bei gleichzeitiger Anwendung von verdünnter Schwefelsäure, sondern dass in der Nähe derselben eine gleichmässige blaue Färbung unregelmässiger Flecken entsteht. Bei der Behandlung eines Exemplars, wie Taf. I. Fig. 15. mit einer Lösung von Jodine in Kali hydriodinicum tritt sogleich die bräunliche Färbung des ganzen Inhaltes unter Zusammenziehung desselben ein; viel Wasser zieht die Farbe wieder aus, ohne dass sich der Inhalt wieder ausdehnt, wird dagegen verdünnte Schwefelsäure zugesetzt, so wird der ganze Inhalt blaugrün, tritt wieder bis dicht an den Rand und selbst der Panzer nimmt eine bläuliche Färbung an. Presst man ein so behandeltes Exemplar zwischen geschliffenen Glasplatten, so werden die ganz dunkel gewordenen mittleren Theile wieder durchsichtiger und es zeigen sich rein weisse hellere Scheiben mit einem dunkleren Umkreise, der bei intensivem Tageslichte deutlich blau erscheint, in ähnlicher Weise, wie in Taf. I. Fig. 15 durch die Schattirung angedeutet ist. Bei E. Rota entsprechen diese weissen Scheiben vielleicht immer jenen conischen Erhabenheiten am Grunde der Lappen, welche oben erwähnt sind, und man könnte annehmen, dass durch das Pressen der Inhalt derselben zur Seite gedrückt sei; allein ähnliche Versuche mit E. Pecten geben ganz dasselbe Resultat und bei dieser Species kommen gar keine Erhabenheiten in ähnlicher Vertheilung vor. —

Dieses Verhalten giebt ein wichtiges Mittel an die Hand verschiedene Zustände der Euastren hinsichtlich der helleren und dunkleren Färbung derselben Art zu untersuchen. Leider ist jedoch die Gattung durch das vereinzelte Vorkommen der Individuen zu solchen Versuchen wenig geeignet und das gleiche Verhalten der übrigen Desmidiaceen lässt bei anderen Gattungen sichere Resultate mit leichterer Mühe hoffen, daher bei einem späteren Rückblicke auf die ganze Abtheilung der Desmidiaceen darauf zurückzukommen gerathen erscheint. Das Verhalten gegen andere Reagentien lieferte mir noch keine bemerkenswerthen Aufschlüsse, doch ist zu erwähnen, dass in concentrirter Auflösung von Chlorcalcium die Euastren sich vortrefflich als mikroscopische Präparate aufbewahren lassen.

Da schon im ersten Frühlinge vollkommen entwickelte Sternscheiben häufig vorkommen, so ist sicher anzunehmen, dass dieselben überwintern; vielleicht dürften die grösseren Arten durchaus mehrjährig sein, was sich ergeben wird, wenn die ganze Entwickelungsgeschichte einiger Arten beobachtet werden kann, wozu bald ein günstiger Zufall führen möge!

16) E. apiculatum. $^1/_{10}{}'''$. — Ehrenberg unterschied diese sehr selten mit der vorigen von ihm gesehene Form, als besondere Art, welche aus Versehen auf der Tafel des grösseren Infusorienwerkes E. aculeatum bezeichnet ist, — obgleich dieselbe in der Form von E. Rota kaum abweicht, dagegen überall mit feinen Spitzen besetzt erschien. Das spätere Vorkommen solcher Spitzen auf den Randzähnen ist bei älteren Exemplaren des E. Rota häufig und lässt sich durchaus nicht ermessen, wie weit sich eine solche spätere Zahnung und Zuspitzung der Zähnchen, oder vielleicht den Tüpfeln anderer Sternscheiben ähnlicher Erhabenheiten auf dem Panzer mag ausbilden können, so dass auf dieses Kennzeichen zur Unterscheidung in der Form übrigens nicht wesentlich verschiedener Sternscheiben als besonderer Species wenig Werth zu legen sein möchte. Es würde vielleicht besser sein, diese Form als Varietät von E. Rota aufzuführen; allein die wenigen Exemplare, welche auch ich nur sah, zeigten bei allen Andeutungen völliger Ausbildung auf dem Panzer weder die conischen Erhabenheiten am Grunde der Lappen etc., noch auch die drei Hervorragungen neben der Mitte, wie aus dem Querschnitte Taf. I. Fig. 16 zu entnehmen ist. Auch über diese Frage muss daher die Entscheidung ausgesetzt werden, bis fernere Beobachtungen dazu berechtigen. —

Bei der Systematik dieser Organismen ist bisher allein die äussere Form, welche durch die Gestalt und Bildung des Panzers bedingt zu sein scheint, berücksichtigt, während sich bei genauerer Untersuchung ergiebt, dass die Form sehr wechselnd ist, und namentlich zu einer Unterscheidung in verschiedene Gattungen so lange nicht angewandt werden darf, bis eine Beobachtung der Entwickelungsgeschichte die Grenzen festgestellt hat, innerhalb welcher die Gestaltung eines Individuums schwanken kann. Die grösseren Formen sind häufiger und sorgfältiger beobachtet und zuerst unter dem Namen Euastrum in der Zoologie aufgeführt, in diese können andere, in der Voraussetzung, dass die Euastra Algen seien, gegebene Benennungen wie Oplarium, Cosmarium, Eutomia, Holocystis etc., abgesehen davon, dass sie sämmtlich überflüssig sind, schon aus dem Grunde nicht übergehen, weil sie der Botanik angehören; der Streit, ob diese Organismen Pflanzen oder Thiere sind, betrifft aber nicht einzelne Arten, sondern die ganze Gattung.

Durch eine Zusammenstellung des physiologischen Details ergiebt sich, dass über die wichtigsten Fragen noch gar keine Auskunft gewonnen wurde, da weder die Ausbildung vom Eie (oder der Spore) noch die Art der Queertheilung bei allen angeführten Species haben beobachtet werden können. Statt der Gewissheit, welche beobachtete Thatsachen an die Hand gegeben haben würden, muss ich mich daher begnügen aus den gefundenen Erscheinungen folgende Vermuthungen zu rechtfertigen:

Seit zwölf Jahren habe ich unausgesetzt den Desmidiaceen besondere Aufmerksamkeit geschenkt und selbst von Fundorten, wo zahlreiche Arten und Gattungen dieser Familie fast in jedem Cubikzoll Wasser vorkamen, und ich während der eisfreien Zeit wöchentlich frisch geschöpfte Quantitäten mit den im Zimmer aufbewahrten vergleichen konnte, sah ich nie jüngere Exemplare der verschiedenen Arten im Sinne der bisherigen Beobachter, mit der einzigen Ausnahme von E. margaritiferum. Wenn Ehrenberg jüngere E. Rota aufführt, so gehörten diese, wie beim Vergleich der Zeichnungen sich entschieden herausstellt, zu E. Scutum, und was Corda und Ralfs dafür angesehen haben, möchte ebenfalls dahin gehören, da die Zeichnung (Hassal. Plate XC. Fig. 1 b.) jene Species so darstellt, wie sie bei der schwächeren Vergrösserung erscheint, wenn sie schief im Wasser hängt. Auf diesen Umstand wäre jedoch kaum Gewicht zu legen, wenn nicht hinzukäme, dass von der Mehrzahl der Arten je zwei oder mehr im Längen- und Queerschnitt sich so ähnlich sehen, dass allein stärkere Theilung des Randes, abgesehen von der Grösse, den ganzen Unterschied bedingt; zugleich erhellt aus der verfolgten Theilung, dass die neuen Hälften blasenförmig, ohne alle Einschnitte und Zähne aus den älteren hervortreten und, zwar sehr schnell, aber doch nach und nach, sich abflachen und ähnlich gestalten, wobei anfänglich flache Ausbuchtungen bald in tiefe Einschnitte mit fast parallelen Rändern übergehen. Jede Hälfte eines Euastrum zerfällt auf den ersten Blick bei den meisten Species in einen mittleren und zwei seitliche Lappen; der mittlere erscheint ausgerandet, gezahnt, getüpfelt oder mit Spitzen besetzt, bleibt jedoch immer ungetheilt, während die seitlichen um so zahlreichere und tiefere Ausbuchtungen zeigen, je älter und entwickelter die Hälfte ist. Vorausgesetzt nun, dass die völlig entwickelten Exemplare mehrjährig sind, so lässt sich vermuthen, die Theilung des Randes habe bei um ein ganzes Jahr älteren Exemplaren bedeutende Fortschritte gegen die um ein Jahr jüngeren machen müssen; vergleicht man ferner E. Rota mit E. Crux melitensis, so leuchtet ein, dass eine Vergrösserung des ganzen Körpers um das Doppelte nebst einer Verdoppelung der Einschnitte an den seitlichen Lappen, sowohl an Zahl wie an Tiefe, vollständig zur Umwandlung der einen Species in die andere genügen würde. Allerdings könnte ein zufälliges Zusammentreffen solche eigenthümliche Verhältnisse bedingen, sieht man aber von dem concreten Falle ab und hält sich nur an das Wesentliche der Umwandelung, so verhalten sich wie E. Rota (und apiculatum) zu Crux melitensis:

| E. Scutum : E. bifidum. | E. verrucosum : E. Botrytis. |
| E. Pecten : E. didelta (und ansatum). | E. margaritiferum : E. minutum etc. |

und eine zufällige fünffache Wiederholung eines so eigenthümlichen Verhältnisses bei derselben Gattung wird schwerlich angenommen werden können, da eine Vergleichung auch die Längen- und Queerdurchschnitte von ganz ähnlicher Form zeigt.

Weitere Verfolgung dieser Vermuthungen durch die Reihe der Desmidiaceen kann erst nach Vorführung derselben einen passenden Platz finden, es lässt sich jedoch schon hier erwägen, auf welche Weise die Umbildung z. B. eines E. Crux melitensis in E. Rota vor sich gehen könnte? Die bekannten Vorgänge bei der Queertheilung legen zwei Möglichkeiten nahe: entweder entsteht in dem überwinterten E. Crux melitensis im Frühlinge ein rascheres Wachsthum und in Folge desselben ein Abwerfen der alten Haut, unter welcher die seitlichen Lappen sich häufiger und tiefer bei ihrer Vergrösserung einkerben; oder es erfolgt eine Queertheilung, wobei die neuen Hälften die Form von E. Rota annehmen. In letzterem Falle müsste man Exemplare finden können, deren eine Hälfte zu Crux melitensis, die andere zu E. Rota gehörte, und dafür spricht allerdings die Analogie mit anderen prismatischen Desmidiaceen, welche bisweilen 3- und 4seitige Hälften zeigen. Diese Untersuchungen machen es demnach wahrscheinlich, dass die Euastra aus unbekannten — vielleicht nur von den zahlreichen ähnlichen Bildungen bis jetzt nicht zu unterscheidenden — Vermehrungsorganen (Eiern oder Sporen) ihren Ursprung nehmen, bis zu einer gewissen Grösse anwachsen und sich dann durch Queertheilung vermehren; ferner nach Ueberwinterung am Grunde des Wassers in diejenigen einzelnen Formen übergehen, welche oben, weil dieser Vorgang noch nicht bestimmt erwiesen ist, als einzelne Arten aufgeführt werden mussten, deren Zahl sich demnach später auf etwa die Hälfte reduciren könnte. —

Vorstehende Monographie der Gattung Euastrum wurde hier eingeschaltet, um die Frage erörtern zu können, ob die Verwandtschaft der Closterina zu den Desmidiaceen grösser sei, wie zu den Vibrionen und folgt hier daher jetzt eine Darlegung der mir über die Closterina bekannt gewordenen Ergebnisse der bisherigen und der eigenen Untersuchungen.

Fünfte Familie. Closterina. Spindelthierchen.

Viele Magen ohne Darm, unveränderliche Körperform ohne besondere Anhänge, eine hornartige Hülle des Körpers, welche sich mit dem Körper unvollkommen so theilt, dass stab-, faden- oder spindelförmige Polypenstöcke entstehen, und bestimmte Bewegungsorgane in der Panzeröffnung (an der Mundöffnung?) bezeichnen nach Ehrenberg die Formen dieser Familie, welche die einzige Gattung:

31) *Closterium* (Nitzsch) umfasst. Tafel III.

1) Closterium Lunula. $\frac{1}{5}'''$ Der halbe Mond. Wenige Körper sind so oft beobachtet und doch so verschieden gedeutet wie dieser! Eine bald sehr langsame, bald ungemein rasche

7 *

Entwickelung aus verschiedenen Formen und durch verschiedene Vorgänge mag die Ursache davon sein. Für die Geschichte und Synonymie verweise ich vorläufig auf Ehrenbergs ausführliche Erörterungen im grösseren Infusorienwerke und gehe sogleich zu den Ergebnissen meiner Untersuchungen über:

Die häufigste Form dieser Species ist ein stielrunder aus zwei symmetrischen, konisch zugespitzten Hälften gebildeter, daher spindelförmiger, und halbmondförmig gebogener Körper von $1/40'''$ bis $1/5'''$ gross. Eine glasshelle äussere Hülle, ein innerer farbloser Körper, eine in beiden Hälften gleichmässig verbreitete grüne Färbung, mit grösseren dunkleren ruhenden und kleinen schwärzlichen tanzenden Körnern durchsäet, scheinen ganz wie bei Euastrum gebildet. Die Verbindungsstelle beider Hälften und die Enden der gebogenen Spitzen zeigen sich ungefärbt und in letzteren ist eine kugelige Blase mit kleinen tanzenden zahlreichen Körnchen erfüllt. —

Closterium Lunula zeichnet sich in der Gattung, so wie überhaupt unter allen verwandten Organismen, dadurch aus, dass es jederzeit in so verschiedener Grösse vorkommt. In Gefässen die reichlich damit erfülltes Wasser enthalten bildet sich allmählig ein grüner Ueberzug am Boden, an den Wänden und am Rande der Flüssigkeit, welcher der Hauptsache nach aus der Tafel III. Fig. 1, 2, 3 in verschiedenen Lagen abgebildeten Form besteht, die vom Grunde aus an einzelnen Stellen sich in oft zollhohe Pyramiden übereinander thürmen und zu den in Fig. 4, 5, 10 und 15 abgebildeten Formen heranzuwachsen scheinen. Wenigen mag jedoch diese weitere Entwickelung bestimmt sein, denn sowohl im Bodensatze frisch geschöpften, wie im Zimmer aufbewahrten Wassers findet sich eine grosse Zahl abgestorbener Exemplare und entleerter Hüllen vor, an welchen letzteren sich schon eine Gliederung zeigt, die an lebenden von derselben Grösse nicht wahrzunehmen ist. — Schon diese Formen vermehren sich durch Queertheilung, wobei der grüne Inhalt jeder Hälfte etwa $1/3$ ihrer Länge von der Verbindungsstelle sich einschnürt Fig. 5, oder hellere Streifen den Zusammenhang der grünen Färbung ganz unterbrechen Fig. 10, und sich dann die mittlere Verbindungsstelle einkerbt, abschnürt und die beiden Individuen sich trennen Fig. 6, 7, deren anfangs ungleiche Hälften sich bald so gleich gestalten, dass ein Unterschied zwischen denselben nicht mehr zu erkennen ist. Sowohl die einfachere Form, wie auch die viel geringere Grösse, machen ein Verfolgen dieses Vorganges viel schwieriger wie bei E. Rota, doch habe ich so viel ermittelt, dass auch die Queertheilung bis zu dem in Fig. 6 gezeichneten Abschnüren innerhalb 6 — 8 Stunden vorschreitet und die Abends in diesem Stadium verlassenen Exemplare zeigten sich am folgenden Morgen stets getrennt; auch versuchte ich die Fortschritte der Queertheilung daran zu messen, dass ich die Entfernung der beiden äusseren Spitzen zu verschiedenen Zeiten bestimmte, es fand sich jedoch keine Gleichförmigkeit zwischen verschiedenen Beobachtungen an Exemplaren aus demselben Gefässe, welches in der Nähe des Microscopes gestanden hatte. Die Gelegenheit zur Beobachtung dieser Theilung bietet sich selten dar; man kann mehrere hundert Closterien vergebens durchmustern, ehe man selbst im warmen Sommer eine solche findet, und mir hat sie stets der Zufall in's Sehfeld geführt, wenn ich das Wasser von solchen Stellen des Gefässes nahm, wo dieselben dicht gedrängt sassen. Viel seltener aber ganz sicher kommt auch bei diesen Formen schon eine Längstheilung vor Fig. 8; über den Verlauf derselben kann ich jedoch noch keine Auskunft geben, weil ich stets in derselben Infusion, nachdem ich die Zeichnung vollendet, nach anderen zur Vergleichung, und fast immer erfolglos, suchte. — Bis hieher reicht in der Entwickelung der Closterien ein Abschnitt, — ich würde sagen ein Jahr, wenn diese Organismen nicht von zufälligen Witterungsverhältnissen in ganz anderer Weise abhängig blieben, wie andere Wasserthiere und Pflanzen — und soweit es sich beurtheilen lässt, entsteht das Closterium am Grunde des Wassers, steigt bei Wärme und Sonnenschein allmählich bis an die Oberfläche und verschwindet bei Kälte, trüber Luft und Regen wieder, so dass sie im Spätherbste unter dem grünen Anfluge auf dem Wasser immer seltener vorkommen. Man findet freilich an den Wurzeln von Lemna, in dem schleimigen Ueberzuge der Wasserpflanzen etc. und am Grunde noch zahlreiche Exemplare, aber doch nicht den zehnten Theil der frühesten Anfänge, und es scheint im Durchschnitt jeder Jahrgang, wenn ich den Ausdruck wählen darf, in demselben Wasser eine gleiche Entwickelung erreicht zu haben; von verschiedenen Fundorten ist dasselbe jedoch keineswegs der Fall. Da nun kein Mittel bekannt ist, um darzuthun, wann im Laufe des Sommers die Entwickelung begonnen, da mehr oder minder häufige Queertheilung etc. von Einfluss darauf gewesen sein kann, so wird Niemand mit Sicherheit anzugeben im Stande sein, bis zu welcher Grösse C. Lunula im ersten Jahre wächst, vermuthen muss ich jedoch, dass in der Regel die in Fig. 5, vielleicht in seltenen Fällen die in Fig. 10 gezeichnete Form als Produkt eines grösseren Abschnittes, der aber mehrjährig sein könnte, anzusehen ist. Gewiss bleibt, dass schon im Februar neben schmelzendem Eise dieses Closterium in Exemplaren von der Grösse der Fig. 10, 11, 12 gefunden wird, die überwintert sein müssen, und es lässt sich nur nicht entscheiden, wie viele Winter sie schon erlebt haben; auch diese zeigen selten Queer-, noch seltener Längstheilung und dieselbe Verschiedenheit der grünen Färbung von einer helleren, gleichmässigen, sehr feinkörnigen, bis zu sehr dunkeler durch vielgestaltige grössere Körner bedingter, wie die Euastra. Jedes Closterium erscheint von dunkeleren Streifen der Länge nach durchzogen, welcher bei C. Lunula meistens ein mittlerer, etwa $\frac{1}{3}$ der ganzen Breite einnehmender ist, der jedoch stets in der Mitte absetzt und eine Reihe grosser dunkeler meistens runder Körner trägt, deren Grösse und Zahl, wie aus den Abbildungen erhellt, mit dem Wachsthum sich vermehrt, deren gegenseitige Lage aber ebensowenig bestimmt ist, wie ihre Anordnung auf der Achse des Closterium. Die durchsichtige Blase in der Spitze jedes Hornes erscheint bei den kleinsten Formen meistens rund, bei grösseren (die sich öfter getheilt haben?) findet sich eine ovale oder kegelförmige Blase, deren Contour der äusseren Haut parallel ist, bei den grössten dagegen ist sie wieder ganz kugelrund; die Zahl der in ihr tanzenden Körner ist sehr verschieden, vielleicht auch deren Grösse unter sich, was aber, da sie in jedem Momente wieder aus dem Focus verschwinden, schwer zu bestimmen ist.

Bei grösseren Exemplaren zeigt sich in seltenen Fällen die mittlere helle Queerbinde sehr breit und lässt dann etwas über der Mitte einen blassen runden Zellenkern durchscheinen, in welchem ein grosser, kaum zu unterscheidender, Kernkörper enthalten ist; oft umgiebt diesen ein feines Netz verschiedenartiger Fäden, welches die sehr zarten Wandungen neu gebildeter Zellen anzudeuten scheint, und deren Anordnung in jedem Exemplare verschieden ist, Fig. 11. Mit dieser Veränderung scheint ein ganz neues Leben für das C. Lunula zu beginnen, wovon ich jedoch nur wenige Momente bis jetzt erlauschen konnte. Wie in Euastrum so zeigt sich auch in Closterium ein beständiges Wandern sehr kleiner, schwarz erscheinender Körner durch die ganze Substanz, bei Closterium meistens der Contour parallel, welche den Körnchen in den Blasen der Spitzen ganz ähnlich zu sein scheinen; bald sind es einzelne, welche langsam sich bewegen. bald zahlreiche in raschem Fortrücken begriffene; nur ein kürzere Strecke legen sie in gleichförmigen Vorschreiten, wie auf einem ruhigen Strome schwimmend zurück, bald wird ihr Gang beschleunigt oder sie biegen wie um ein Hinderniss, weichen sich scheinbar aus, bleiben auch wohl kurze Zeit ruhen oder gehen selbst rückwärts; so durcheilen sie unermüdlich das ganze Closterium von einem Ende bis zum andern, wobei ihre Bahn sich offenbar nicht auf die grüne Färbung beschränkt, sondern zwischen dieser und der äusseren Haut zu liegen scheint. Lange und aufmerksam habe ich dies träumerische Spiel beobachtet, ohne zu einem anderen Resultate gelangen zu können, als dass eine chemische Veränderung die Ursache desselben sein müsse. Aber welches Resultat lieferte dieser rege chemische Process? Ich hoffte je grösser die Exemplare, um so leichter würde ich Aufklärung finden, und nach mannigfach abgeänderten Versuchen erhielt ich die grössten Exemplare auf folgende Weise: Aus einem nie versiegenden Teiche, in welchem sämmtliche Wasserpflanzen mit einem bräunlichen Schleime überzogen waren an dem viele grössere Closterien vorkamen, zog ich verschiedene Blätter und Aeste sorgfältig dicht am Grunde aus dem Wasser, brachte sie in ein grösseres aus demselben Teiche gefülltes Glas und suchte durch Schütteln desselben möglichst viel von dem Ueberzuge abzuspülen. Das trübe Wasser von den Pflanzentheilen abgegossen wurde dann in geeigneten Gläsern in die Sonne gestellt, worauf sich an die Wände viele Luftblasen ingen, die auch den am Grunde sich lagernden Bodensatz dedeckten. Solche Luftbläschen hängen sich auch an die Closterien und nach mehrtägiger Ruhe findet man sie auf dem bräunlichen Bodensatze durch die Lupe an ihrer grünen Farbe kenntlich und kann sie mit der Pipette einzeln herausfangen. Auf diese Weise erhielt ich Exemplare bis fast $\frac{1}{4}'''$ gross, wie die mittlere grösste Figur der dritten Tafel (irrig 18 statt 13 bezeichnet) versinnlicht — deren geradere Form bei Uebereinstimmung in jeder anderen Hinsicht schwerlich einen Artenunterschied abgeben dürfte — in welchen die Bewegung der zahlreicheren Körnchen besonders lebhaft und bei weitem besser zu beobachten war, weil die grüne Färbung sich in wellenförmigen Biegungen ganz von der äusseren Haut zurückgezogen hatte. Hier zeigte sich endlich die Ursache jener Bewegung: die ganze innere Fläche des Panzers war mit schwingenden Wimpern ausgekleidet, deren regelmässige Schwingungen, wie im Winde wogende Kornfelder, Wellenlinien bildeten, welchen die zackigen Ränder der grünen Färbung entsprachen. — Diese Beobachtung ist eine der schwierigsten Aufgaben für das Mikroscop; abgesehen von der günstigeren Vertheilung der grünen Färbung, der Grösse des Closterium etc. ist es nicht die Stärke der Vergrösserung, sondern allein die Klarheit des Bildes, welche von der richtigen Beleuchtung abhängt, wodurch es möglich wird so feine Wimpern in einer so ungünstigen Lage zu sehen. Oft habe ich in dem röthlichen Saume, welcher durch diese feinen Wimpern bei durchfallendem Lichte erzeugt wird, nach einer deutlichen Anschauung lange vergebens gesucht und bei einer zufälligen Verstellung des Beleuchtungsspiegels oder der Blendung ward das Bild plötzlich so klar, dass auch Andere ohne Schwierigkeit die Bewegung der Wimpern wahrnehmen konnten. Auch bei kleineren Exemplaren, etwa wie Fig. 12, gelang es mir später, wenigstens an einzelnen Stellen, mich von dem Dasein dieser Wimpern auf das Entschiedenste zu überzeugen, bei noch kleineren wird aber theils der Form des Körpers, theils der bis an den Rand sehr intensiven grünen Färbung wegen das Urtheil unsicher oder die Beobachtung unmöglich. — Da diese grössten Formen sowohl mit denen in Fig. 10, 11, 12, als auch mit denen in Fig. 1, 2, 3 abgebildeten zugleich im ersten Frühlinge beobachtet werden, so müssen sie wenigstens 3jährig sein, was aber aus denselben ferner wird, oder welche Vorgänge, diese Entwickelungsform bedingen, darüber kann ich wenig mehr wie Vermuthungen liefern. Ich sah die grüne Färbung sich weiter von den Spitzen gegen die Mitte zurückziehen und die grösseren ruhenden grünen Kugeln an Zahl und Umfang zunehmen ohne weiter diesen Vorgang verfolgen zu können, bis zuletzt der in Fig. 14 abgebildete Zustand eingetreten ist, wo der ganze Inhalt sich um grüne Kugeln, die mit gallertartiger Haut umgeben sind, zusammengezogen hat, und die Blasen in den Spitzen leer sind, Diese grünen Körper könnten zu jungen Closterien also frühestens im 4ten Jahre auswachsen und die wirklichen Eier oder Sporen derselben sein, es kommt jedoch so häufig der Fall vor, dass entleerte Closterium-Panzer von Panzermonaden, Kugelthieren und anderen Infusorien erfüllt werden, dass ein sicheres Urtheil erst möglich wird, wenn dieses Auswachsen wirklich beobachtet ist. — Einen anderen Entwickelungszustand zeigt Fig. 12, wo die ganze Masse im Innern sich aufgelösst hatte, und in derselben sich offenbar neue Zellen bilden, durch deren Ausdehnung die Mitte heller und die feinkörnige grüne Substanz zur Seite gedrängt erscheint; die beiden Hälften haben jede durch eine innere Haut gegen die Mitte und die Spitze ihren Inhalt isolirt, in der Mitte liegen ausser derselben Zellenkerne an jeder Seite in deren grösserem ein Kernkörper sichtbar ist; die Blasen in den Spitzen enthalten nur noch einzelne wenige tanzende Kügelchen und haben sich zu konischen Behältern erweitert, deren Form dem inneren Raume des Panzers entspricht. Innerhalb der grünen Masse haben sich grosse Zellen mit hellerem Inhalte und ein bis zwei excentrischen Zellenkernen gebildet, welche sehr an die ersten Bildungen organischer Entwickelung erinnern und schwerlich etwas Krankhaftes sein möchten. —

Diese Vorgänge in eine geordnete Reihenfolge, die aber weder für alle Formen, noch überhaupt für die Entwickelung des Cl. Lunula maassgebend sein dürfte, gebracht, lieferten, wenn für einen längeren Zeitabschnitt, der sich nicht genauer begränzen lässt, ein Jahr angenommen wird, etwa folgenden Cyclus der Erscheinungen:

Angenommen die grünen Kugeln in Fig. 14 wachsen zu den jungen Closterien Fig. 1, 2, 3 aus, so entwickeln sich diese im Laufe eines Sommers bald bis zu den in Fig. 4 und 5 abgebildeten Formen und vermehren sich durch Queer- und Längstheilung; im nächsten Frühjahre erlangen einige dieser Zucht die Form von Fig. 10, fahren fort sich durch beiderlei Theilung zu vermehren und liefern im Herbste des zweiten oder Frühling des dritten Jahres Exemplare in der Grösse von Fig. 11 oder 12, welche im Laufe dieses Jahres zu den Formen Fig. 13 und 14 auswachsen und durch die oben geschilderte, in Fig. 12 gezeichnete Veränderung des Inhalts neue Zellen bilden, aus denen die grünen Kugeln in Fig. 14 — die Eier oder Sporen — entstehen. — Es kommen aber noch zwei andere Vermehrungsweisen des C. Lunula vor, welche die Uebersicht besonders deshalb um so mehr erschweren, weil sie so äusserst selten in grösserer Menge gefunden werden. Bei der einen, deren Beobachtung ganz neu sein dürfte, wachsen zwei neue Hälften zwischen den älteren hervor wie bei Euastrum, wovon ich eine Abbildung in Fig. 9 gegeben habe, die jedoch um nicht zu grossen Raum einzunehmen wieder auf ⅓ der Zeichnung verkleinert ist. Die Individuen etwa von der Grösse von Fig. 10 maassen ⅙‴ und wird durch eine Vergleichung mit Fig. 6 der Unterschied von der Queertheilung gleich in die Augen fallen. — Bei der anderen legen sich zwei Closterien nebeneinander. verwachsen in der Mitte durch eine zapfenartige Verlängerung der äusseren Haut, und vereinigen den beiderseitigen Inhalt zu einem dunkelgrünen Körper, welcher zu einem neuen Closterium auswächst. Eine solche Vermehrungsart ist seit lange an den sogenannten Conjugaten (Zygnema, Spirogyra etc.) bekannt, wo die Zellen zweier Fäden verwachsen, der Inhalt durch die entstandene Verbindung aus einem Faden in den andern hinübertritt und einen dunkelgrünen ovalen Körper bildet, welcher später zu Fäden derselben Alge auswächst; bei Closterium aber ist eine solche Vermehrungsart um so merkwürdiger, da sie eigentlich eine Verminderungsart zu nennen wäre, indem zwei Individuen zu Grunde gehen, um ein neues zu bilden. Wäre der besondere Zweck derselben klar, etwa eine Ueberwinterung der Species möglich zu machen oder Aehnliches, so fiele jeder Grund zur Verwunderung weg; aber man beobachtet sie gerade im Frühjahre, wenn die Kälte abnimmt und Alles aus dem Winterschlafe zu neuer Thätigkeit erwacht: — es bleibt also noch etwas Unklares in diesem Vorgange, und nur vermuthen lässt sich, dass die Individuen, welche dadurch entstehen, vielleicht allein die in Fig. 14 vorkommenden Eier oder Sporen bilden können. Mir ist der Vorgang bei C. Lunula äusserst selten, bei C. rostratum sehr häufig vorgekommen, ohne dass ich mehr darüber ermitteln konnte, wie Ehrenberg und Morren bereits angegeben haben, und bedarf es noch weiterer Beobachtungen.

Die Spitzen von Cl. Lunula sind, soweit ich mit allen Hülfsmitteln und sorgfältigster Aufmerksamkeit habe ermitteln können, ganz geschlossen und auch Ehrenberg sah hier keine Oeffnungen; ebensowenig konnte ich hervorragende Papillen entdecken. —

Closterium Lunula hat der vielgestaltigen Formen im Verlaufe seiner Entwickelung so manche aufzuweisen, dass bei einer ähnlichen Verschiedenheit verwandter Arten für einzelne Zwischenformen es gar keine Möglichkeit mehr giebt, mit Sicherheit zu bestimmen, welcher Species sie angehören, sobald man, weil sie noch klein sind, allein auf die Form angewiesen bleibt. Ehrenberg unterschied in der Mitte aufgetriebene Formen mit einfacher Reihe grösserer dunkler Körper in der Mittellinie als Cl. moniliferum, es sind das aber nur Entwickelungsformen, die unter denselben günstigen Einflüssen bei rascherem Wachsthume entstanden sind. Je länger man zu verschiedenen Jahreszeiten und aus verschiedenen Gegenden Closterien untersucht, je mehr überzeugt man sich von der weiten Ausdehnung der Grenzen, innerhalb welcher die Form der einzelnen Arten schwanken kann, und habe ich z. B. eine Reihe von Uebergängen gezeichnet, durch welche alle Zwischenstufen von Fig. 5 bis Fig. 15 gegeben werden und kann letztere daher nicht von Cl. Lunula trennen. Das einzige Mittel um in's Klare zu kommen bleibt auch hier das wöchentliche Nachsehen der Veränderungen, welche an demselben und an verschiedenen Fundorten sich während eines Jahres beobachten lassen.

2) **C. Dianae.** 1/7'''. **Bogen-Spindelthierchen.** Taf. III. Fig. 16. — Den besten Beweis für das oben Gesagte liefert diese Species, welche in der Form C. Lunula so sehr ähnlich ist, aber durch andere Kennzeichen sich bestimmt unterscheidet. Die Form ist stets schlanker, die Spitzen kürzer abgestumpft, die Blasen in den Spitzen kleiner, mit einem oder doch sehr wenigen schwärzlichen Körnchen darin, dessen Bewegung nur langsam ist; dabei die Färbung und Anordnung des Inhaltes, wie aus der Abbildung zu ersehen, ganz abweichend. Zudem ist C. Dianae nur in Torfwasser beobachtet und fehlt an vielen Fundorten, wo C. Lunula trefflich gedeiht, durchaus.

3) **C. Trabecula.** 1/4'''. **Balkenförmiges Spindelthierchen.** Fig. 17—21. — Um so bestimmter zeigt sich diese Art durch die Form verschieden, welche gerade cylindrisch, oben und unten scharf abgestutzt oder leicht zugerundet, nur in der Mitte etwas eingezogen und zu beiden Seiten dieser Einschnürung etwas bauchig aufgetrieben ist. Zuweilen sieht man bei schiefer Lage im Wasser an dem Ende 3—4 kleine warzenförmige Hervorragungen, wie am unteren Ende von Fig. 18, die aber nicht constant sind und ganz den Tüpfeln gleichen, welche den Panzer von Euastrum verrucosum, margaritiferum etc. bedecken. Die Grösse dieser Art hat es nöthig gemacht von dem Grundsatze alle Figuren bei gleicher Vergrösserung zu zeichnen abzugehen, um nicht den Raum der Tafel ohne Nutzen opfern zu müssen, und konnten auch nicht die grössten der beobachteten Exemplare zu den Abbildungen gewählt werden; nur die Fig. 18 und 20 sind daher bei 400facher Vergrösserung gezeichnet, Fig. 17 und 19 aber nach in demselben Verhältnisse ausgeführten Zeichnungen auf die Hälfte, Fig. 21 auf 1/3 verkleinert.

C. Trabecula kommt nur in zwei Grössen vor, deren eine um die Hälfte schmaler und nur ein Drittel kürzer ist wie die andere (Fig. 18, wenn deren beide Hälften symmetrisch, wie die untere, gebildet wären, und Fig. 20); nie habe ich ein jüngeres Exemplar gesehen, und diese kleinsten entstehen nicht durch Queertheilung der grösseren Formen: Längstheilung ist nicht beobachtet worden. Woher entstehen sie? Nach dem was bei Euastrum vorgetragen, sollte man nach Körpern suchen, die sich im zweiten oder dritten Jahre in diese Form verwandeln könnten; auch die sind aber bis jetzt nicht aufzufinden. — Die dunkelgrüne Färbung lässt von dem Inhalte nur unregelmässige grüne Streifen und Häufchen erkennen; bisweilen unterscheidet man am Ende eine hellere Blase mit tanzenden Körnchen, meistens aber ziehen sich letztere in einem breiten geschlängelten Streifen durch die ganze Länge des Körpers und verdrängen die grüne Färbung; ja die grösseren sehr dunkeln drüsenartigen Kugeln lösen sich oft bei intensivem Lichte ganz in solche tanzenden Körnchen auf. — Um die mittlere Verbindungsstelle liegt ein durchsichtiger Ring, an welchem ich oft kleine Fetzen einer glashellen Haut hängen sah, was mich auf die Vermuthung brachte, dass auch diese Organismen sich häuteten, und die Beobachtung der Queertheilung bestätigte bald diese Vermuthung. Trotz aller Mühe ist es mir nicht gelungen, ein anderes Stadium der Queertheilung zu finden, wie zwei vollkommen ausgebildete und aneinanderhängende Individuen, und bin daher ganz ungewiss über die Zeit, welche dazu erforderlich ist; da ich jedoch in der Queertheilung begriffene Exemplare in verhältnissmässig grosser Anzahl während längerer Zeit aus Gläsern im Zimmer entnehmen konnte, die ich sehr oft sorgfältig auf ihren ganzen Inhalt prüfte, indem ich denselben durcheinander schüttelte und zahlreiche Proben bei schwächerer Vergrösserung durchmusterte, so habe ich Ursache zu glauben, dass diese Verwandlung eines einfachen in ein Doppelexemplar sehr rasch vor sich gehen müsse. Auch die Unterscheidung von Exemplaren, die sich zur Queertheilung vorbereiten, ist mir nicht gelungen; doch müsste nach späterer Erfahrung sich in einer beginnenden Auflösung der äusseren Haut vielleicht ein Mittel dazu finden. Die Doppelexemplare zeigen an den beiden älteren Hälften diese Zersetzung des abzuwerfenden Panzertheiles, was besonders deutlich wird, wenn man das Licht sehr dämpft oder Farbe zum Wasser mischt, die neuen Hälften sind aber anfangs glatt und ihre Hülle wasserhell, Fig. 19; später jedoch löst sich auch von letzteren eine farblose Hülle ab, die aber festerer Natur ist und an dem Ringe, welcher die Nath umgiebt, oft unregelmässig abreisst, wobei die früher erwähnten Fetzen zurückbleiben; aus dieser Haut zieht sich dann jederseits die neue Hälfte, wie der Finger aus dem Handschuh zurück, Fig. 17. Mittlerweile sind auch die alten Hälften ihrer Haut entledigt und jedes neue Individuum hat somit eine ganz neue Oberfläche. Bei diesem wahrscheinlich rasch verlaufenden Processe muss wohl nicht immer Alles genau in einandergreifen können, denn man findet viele Missgeburten, bei denen die neue Hälfte nicht die gehörige Länge erreichte und daher keulenförmig aufgetrieben wurde Fig. 18, oder es entsteht eine mehr oder minder starke Biegung nach einer Seite, die sich in Fig. 21, (die 3mal grösser sein müsste) bereits als Erbfehler bei einer späteren Theilung wiederholt hat, so dass beide Hälften dieselbe Monstrosität zeigen. —

Diese Beobachtungen bestätigten mich um so mehr in der Vermuthung, dass auch bei C. Lunula die Queertheilung von einer Häutung begleitet sein müsse, und ich fand auch ähnliche Missbildungen, wo das eine Horn in schiefer Richtung und ganz verkürzt dem anderen angesetzt war: ein förmliches Abstreifen von äusserer Haut beobachtete ich jedoch nicht; dagegen lagen grosse Exemplare, etwa wie Fig. 10 noch nach vollendeter Theilung nahe beisammen und folgten gemeinschaftlich dem Zuge der durch eine Nadel im Wasser erzeugten Strömung. Es musste also noch etwas sie verbinden und bei Zusatz von Farbe bemerkte ich einen sich auflösenden Schleim, dessen Contouren mir nur entgangen waren, weil sie schon um das dreifache des Queerdurchmessers jederseits von den Closterien entfernt waren, und ich sie in deren unmittelbarer Nähe gesucht hatte.

Dass auch bei C. Trabecula die Bewegung der tanzenden Kügelchen durch schwingende Wimpern bewirkt werde, ist mir wahrscheinlich geworden, obgleich es sich nicht direkt beobachten lässt. Ungefärbte Stellen kommen hier nur in der Mittellinie vor, wo die schwingenden Wimpern von der Wurzel aus in der möglichsten Verkürzung gesehen würden und bei der erforderlichen 600fachen Vergrösserung in jedem Augenblicke aus dem Focus verschwinden müssten; hier fehlt es aber nie an den nimmer ruhenden, tanzenden Kügelchen, bei welchen derselbe Fall eintritt und es lässt sich nicht entscheiden, ob das verschwindende ein solches Kügelchen oder eine Wimper ist.

4) C. Digitus $\frac{1}{9}'''$. Fingerförmiges Spindelthierchen. — Fig. 22 bis 27. Die Form dieser Art erhellt zur Genüge aus den Abbildungen, so wie das gleichzeitige Vorkommen grösserer und kleinerer Exemplare; in jedem Ende liegt eine grosse Blase, welche jedoch nur ein dunkles Körperchen enthält, dessen Bewegung sehr langsam sein muss, zuweilen fehlt letzteres ganz Fig. 26. In dieser Figur, welche durch eine leichte Zuspitzung des oberen Endes etwas von der gewöhnlichen Form abweicht, liegt auch etwas oberhalb der Mitte ein deutlicher Zellenkern. Die Farbe ist oft blass gelblich-grün mit dunkleren parallelen Längsstreifen, die sich allmählig verbreitern, körniger und dunkler werden Fig. 23, bis zuletzt wie in der (links danebenstehenden) Fig. 22 das ganze Innere mit Ausnahme der mittleren Queerbinde mit einer grobkörnigen dunkelgrünen Masse erfüllt ist, worin nur noch schwache Andeutungen der früheren Längsstreifen durchscheinen. Andere Exemplare werden an der Spitze wieder heller, die grüne Färbung zieht sich gegen die Mitte zurück und bildet jene wellenförmig gezackten Bänder, wie in Fig. 13 bei C. Lunula abgebildet sind, neben welchen die schwingenden Wimpern bei dieser Art sich oft leichter beobachten lassen, weil die Spitzen des Panzers heller sind und günstigere Form haben. Ehrenberg vermuthete in dieser Anordnung des Inhaltes ein jüngeres Entwickelungsstadium, ich muss aber nach der Analogie mit C. Lunula und C. acerosum gerade das Gegentheil annehmen. Die Vermehrung geschieht häufig durch Queertheilung, wobei sich in der Mitte jeder Hälfte eine helle Queerbinde zeigt, Fig. 23 (wie C. Lunula in Fig. 10) und später findet man Exemplare, die etwas kleiner sind mit ungleichen Hälften; auch hier geht dieser Process glaube ich rasch vor sich, denn Doppelexemplare wie bei C. Trabecula aufzufinden gelang mir nicht, dagegen findet eine Häutung durch allmählige Auflösung der äusseren Hülle statt, wie bei C. Lunula, innerhalb welcher die Theilung sich wiederholen kann, so dass bis 8 Exemplare in einer weitabstehenden gallertartigen Blase vorkommen, wie in Fig. 27 bei schwächerer (80facher) Vergrösserung abgebildet ist, während eines dieser Exemplare in Fig. 23 bei 400facher

Vergrösserung gezeichnet, schon die Vorbereitung einer neuen Queertheilung wahrnehmen lässt. Längstheilung und Copulation sind nicht beobachtet. —

6) **C. acerosum.** $\frac{1}{6}'''$. **Nadelförmiges Spindelthierchen.** — Fig. 28. Die Form
dieser Species weicht durch die eine geradere Seite, die eigenthümliche Zuspitzung und das Verhältniss
der Breite zur Länge von C. Lunula und Dianae wesentlich ab und diese Form herrscht bei allen
Exemplaren von der verschiedensten Grösse vor. C. acerosum findet sich in allen Grössen, wie
C. Lunula und ist ebenso verschieden in der Breite; bei den grösseren sind aber die hellen Blasen
in den Spitzen immer kleiner, liegen weiter von der Spitze entfernt und enthalten weniger tanzende
Körperchen. Die Reihe grösserer dunkler Kugeln in der Mittellinie sah ich immer in gleichen Abständen regelmässig vertheilt, nur neben der Mitte liegen die beiden ersten näher beisammen und ist
die zweite oft kleiner; dunkele Längsstreifen ziehen — wahrscheinlich acht — von beiden Enden ohne
Unterbrechung gegen die Mitte, welche eine breitere in der Mitte ausgeschweifte helle Queerbinde
zeigt, die von kolbig zugerundeten Spitzen der dunkelen Längsstreifen überragt wird, zwischen
welchen oft ein Zellenkern mit Kernkörper sichtbar ist. Die innere Haut ist wie bei C. Lunula mit
schwingenden Wimpern bekleidet und tanzende Körnchen erfüllen den ganzen Körper; auch sah ich
Andeutungen zur Bildung der wellenförmigen Zacken an der grünen Färbung gegen die Spitzen hin.
Queertheilung und viergliedrige Abtheilung des Panzers sind beobachtet, so wie auch parallele Queer-
streifen auf der hellen Queerbinde der Mitte, welche mit der Queertheilung in Beziehung zu stehen
scheinen.

Eine besondere Färbung des Panzers bei C. acerosum und anderen scheint auf einen Eisen-
gehalt desselben schliessen zu lassen. Seit lange sind an einigen Closterien rothe Spitzen beobachtet, theils in Folge mangelhafter Untersuchung durch nicht achromatische Linsen, theils nach einer
wirklich vorhandenen Färbung, und eine eigene Species C. ruficeps dafür eingeführt; es hat sich
jedoch herausgestellt, dass diese Erscheinung nicht nur bei manchen bekannten Arten von Closterium,
sondern auch bei Desmidiaceen zu verschiedenen Gattungen gehörig vorkommt: Namentlich erstreckt
sich bei sehr grossen älteren Exemplaren von Micrasterias Ehr. die Färbung auf alle Theile des
Panzers. In manchen Gräben oder in Gefässen mit Grabenwasser tritt oft eine vorübergehende Zersetzung ein, die mit Entwickelung von Schwefelwasserstoffgas verbunden ist, wodurch sich der ganze
Bodensatz, soweit er eisenhaltig ist schwarz färbt. Die Closterien werden von dieser Zersetzung
durchaus nicht afficirt und ich besitze noch jetzt lebende Closterien in Gefässen, deren Inhalt schon
einige Male jene Zersetzung erlitten hat; die Panzer abgestorbener Closterien werden jedoch ebenfalls
schwarz gefärbt, und zwar um so intensiver, je älter sie sind. Bei C. acerosum trifft es sich bisweilen, dass ein nach mehrfacher Queertheilung abgestorbenes Exemplar diese Färbung erleidet, wo
denn die ältere Hälfte viel dunkler gefärbt wird wie die jüngere und von letzterer wieder der an die
Mitte grenzende Theil, etwas schwärzer wird wie die Spitze, wie ein solcher Fall von Ehrenberg
abgebildet ist.

Aus einer grösseren Reihe von Formen, deren Entwickelung noch unbeendet oder verkümmert
sein konnte, deren Vertheilung an eine bestimmte Species daher immer schwierig blieb, füge ich hier
die drei folgenden ein, welche durch ihre Form und Grösse den Rang bestimmter Arten in der Nähe
der vorigen zu verdienen scheinen; ich sah dieselben jedoch so selten, dass mir nicht mehr darüber
bekannt geworden ist, als was die Abbildungen zeigen, nämlich die Form und dass es Closterien sind:

6) **C. Libellula.** $\frac{1}{6}'''$. — **Die Wasserwaage.** Fig. 29. — Ganz so geformt wie zwei
verschmolzene C. acerosum, oder ein solches in der Längstheilung begriffen, aussehen würden; die
grösseren Blasen in den Spitzen, die unregelmässige Vertheilung der grösseren dunkelen Kugeln und
die ganz gerade Richtung unterscheiden es jedoch zur Genüge; auch weicht das Verhältniss der
dunkleren Längsstreifen zur grünen Färbung wesentlich von dem bei C. Digitus ab, wo auch die Zuspitzung der Enden eine andere Form zeigt. Leider kamen mir aus einem entfernten Torfmoore nur

wenige Exemplare in gleicher Grösse und Ausbildung vor, und bot sich mir zu weiterem Studium dieser gewiss lehrreichen Art keine Gelegenheit dar.

7) C. Ulna. $\frac{1}{8}'''$. — Die Elle. Fig. 30. — Sowohl durch die Färbung, als auch durch die Anordnung der dunklen, grösseren Kugeln ausgezeichnet. Die schon erwähnte Queerstreifung auf der mittleren Verbindungsstelle findet sich bei dieser Art, die ich auch nur so selten erlangen konnte, zuweilen auf der Mitte jeder Hälfte, wo 6 und mehr solche Ringe, wie deren einer bei C. Trabecula die Verbindungsstelle umschliesst, gleich Falten in der äusseren Schicht des Panzers dicht aneinander liegen. Da einige Exemplare in der Mitte eine beginnende Abschnürung wahrnehmen liessen und leere Panzer in 4 gleiche Theile zerfallen waren, so steht dieser Vorgang wohl mit der Queertheilung und Häutung im Zusammenhang.

8) C. Ensis. $\frac{1}{7}'''$. — Die Klinge. Fig. 31. — Die wenigen Exemplare, welche ich — freilich nur während eines Frühlingsmonats — finden konnte, zeigten alle dieselbe Biegung und gleiche Dicke der ganzen Länge nach; die innere Färbung und Anordnung aller Theile würde freilich sehr an C. Libellula erinnern, und Fig. 20 und 21 von C. Trabecula bei einer Vergleichung wohl den Uebergang von C. Libellula in diese Form als möglich denken lassen: aber Fig. 21 von C. Trabecula ist eine äusserst seltene Missbildung und von C. Ensis sah ich nur wenige Exemplare und alle in gleicher Biegung.

9) C. setaceum. $\frac{1}{6}'''$. — Borstenförmiges Spindelthierchen. Fig. 32. — Die Abbildungen, welche Ehrenberg von dieser und der folgenden Art gegeben hat, würde man nach Obigem für Altersverschiedenheiten ansehen können, wofür auch der Umstand spräche, dass Ehrenberg die Copulation beobachtete und nach meiner Erfahrung die letztere bei C. rostratum sich am häufigsten zeigt: ich habe daher die beiden Arten in zwei grossen Exemplaren neben einander gestellt, um zu beweisen, dass es ein wirklich verschiedenes ganz gerades C. setaceum giebt. Während es übrigens von kleineren etwa $\frac{1}{20}'''$ messenden Formen oder verwandten Arten in manchen Infusionen wimmelt, zählen so grosse zu den Seltenheiten.

10) C. rostratum. $\frac{1}{4}'''$. — Geschnäbeltes Spindelthierchen. Fig. 33 — 36. (Die untere der beiden Abbildungen zwischen Fig. 32 und 33 muss mit 34 bezeichnet sein). Die bauchige Erweiterung der Mitte und die gebogenen Spitzen sind bei dieser Art constant, die Blasen am Ende der grünen Färbung meistens oval oder konisch, die dunkleren Kugeln liegen oft zerstreut und sind von ungleicher Grösse. Oberhalb der Mitte, wo in der Figur nur eine Aushölung in der grünen Färbung angedeutet ist, liegt, wie ich später sah, ein deutlicher Zellenkern mit Kernkörper. — Von allen Arten zeigte mir diese am häufigsten die Copulation und zwar im ersten Frühlinge sowohl in vereinzelten Exemplaren als auch in einem grünen Ueberzuge am Rande eines Grabens haufenweis; wie im letzteren Falle die Individuen sich finden, um durch eine zapfenartige Verbindung des Panzers zu verwachsen, wäre noch zu erklären, da sie die höchsten Punkte des Wassers erreichen, also den Rand des Ufers etc., und hier vom Winde durcheinander geweht in die mannigfaltigste Berührung kommen müssen; im ersteren Falle jedoch, wo man nicht immer zu einem dieser seltener $\frac{1}{4}'''$, in der Regel $\frac{1}{6}'''$ messenden Körper ohne längeres vergebliches Suchen den zweiten finden kann, ist wohl anzunehmen, dass eine vorhergehende Theilung die Annäherung vermittelt habe. Es müssen jedoch auch Zufälligkeiten diese Verbindung stören können, denn ich beobachtete Exemplare mit jener zapfenartigen Verlängerung ohne Verbindung mit einem anderen; die von Morren abgebildete Copulation eines sich zur Queertheilung vorbereitenden Exemplars an jeder Hälfte mit einem anderen kam mir nicht vor. — Die anfangs schmale Verbindung, Fig. 34, zeigt die beiden Exemplare oft an einer Seite mit den Spitzen genähert, bei späterer Verbreiterung derselben divergiren letztere, Fig. 35, und der grüne Inhalt zieht sich gegen die Mitte zusammen, wo später ein unregelmässig eckiger grüner Körper entsteht, welcher die ganze Verbindungsstelle ausfüllt, Fig. 36, und sich mit einer eigenen Haut umgiebt. Die aus diesem Körper erwachsenden Closterien konnte ich bei dieser Species nicht auffinden

8*

und daher nicht entscheiden, ob sie durch ihre Grösse sich gleich von den übrigen unterscheiden. — Der grüne Inhalt dieser und der übrigen Arten verhält sich gegen Reagentien wie der von Euastrum. —

Die hier aufgeführten Arten von Closterium und ihre Untersuchung genügt ohne Zweifel für den nächsten Zweck, die Gleichartigkeit der Organisation mit Euastrum nachzuweisen; bei den gestreiften, von Ehrenberg unter den Gattungsnamen Toxotium vorläufig als Unterabtheilung aufgeführten, gilt im Allgemeinen dasselbe, indem nur die Streifung des Panzers, die auch Altersverschiedenheit sein könnte, und die Oeffnungen an den Spitzen, deren Ehrenberg erwähnt, als Unterschiede hervorzuheben sind. An der Stelle, wo diese Oeffnungen sich finden sollen, beobachtete ich allerdings bisweilen eine umschriebene Stelle, welche das Licht auf eine andere Weise bricht, wie die übrige Substanz des Panzers, konnte dieselbe jedoch weder constant, noch immer in beiden Spitzen finden: bei einem Versuche diese Erscheinung zu deuten muss ich auf andere Beobachtungen bei den Desmidiaceen zurückkommen, nachdem letztere im Zusammenhange vorgeführt sind; die angeführten Thatsachen gestatten jedoch auch für die Closterien die Annahme einer nicht unwesentlichen Veränderung in der äusseren Form durch verschiedene Vermehrungsarten und Entwickelungsweise, deren Erörterung sich durch die Desmidiaceen ebenfalls klarer herausstellen wird, daher auch eine Critik der bisher aufgestellten Species und ihrer Synonyme bis dahin verschoben werden muss, wo auf folgender Zusammenstellung der bisher gewonnenen Resultate weiter gebaut werden kann:

Die Closterien sind so augenscheinlich verwandte Arten derselben Gattung, dass es nicht gefährlich erscheint, die Mehrzahl der beobachteten Erscheinungen für alle Species als gleichbedeutend anzunehmen. Die bisherige Beobachtung ergab für diese Thiere oder Pflanzen eine einjährige oder fortwährende Dauer als Norm und möchte in Beziehung auf durch Theilung entstandene zum Theil Geltung behalten: für die Vermehrung aus Keimen (Eiern oder Sporen) bis zu neuer Keimbildung in einem dadurch erzeugten Individuum muss aber ein mehrjähriger Zeitraum angenommen werden, während dessen verschiedenartige Gestaltungen derselben Art vorkommen können. Die Aufklärung dieser Verhältnisse bahnt geradezu den Weg zur Lösung der vielfachen Fragen über die Individualität und Arten dieser Organismen, über ihre thierische oder pflanzliche Natur und durch Rückwirkung auf alle mikroscopische Pflanzen und Thiere, deren ausschliesslicher Aufenthalt das Wasser ist, wird die Möglichkeit nahe gelegt, dass daher manche physiologisch noch unklare Species frühere Entwickelungsstufen grösserer sein könnten. Es wird daher wichtiger für die Fortbildung der Wissenschaft sein, wenn consequent durch das ganze Jahr, etwa zwei Mal monatlich, bekannte Gattungen von demselben Fundorte mit der nöthigen Aufmerksamkeit und in ausreichendem Maasse beobachtet werden, als wenn ephemere Erscheinungen nach flüchtiger Musterung zur Bereicherung des systematischen Index dienen. Schon das Ansehn des Wassers, noch mehr die mikroscopische Untersuchung, spricht dafür, dass viele Organismen zu Zeiten von der Oberfläche ganz verschieden, und doch so schnell wieder erscheinen können, dass eine Neubildung noch nicht vor sich gehen konnte, daher nothwendig dieselben Species, vielleicht in anderem Entwickelungszustande am Grunde des Wassers vorkommen müssen. Schon oben wurde darauf hingedeutet, wie bei manchen Infusorien das Verhältniss des grün gefärbten Körpers zur Gallerthülle in verschiedenen Entwickelungszuständen ganz abweichend gefunden werde und das Ueberwiegen des einen oder anderen Theiles auf das specifische Gewicht von Einfluss sein könnte, und in der That findet man im Frühlinge die meisten grünen Kugeln mit knapp anliegender Gallerthülle, etwa wie in Taf. III. Fig. 14. am Grunde des Wassers, während ähnliche mit weit abstehendem Panzer an die Oberfläche kommen. Vielleicht verändern sich dieselben schon während des langsamen Aufsteigens. Sehr zu wünschen bleibt es daher, dass eine Beachtung des gleichzeitigen Vorkommens ähnlicher Körperchen an demselben Fundorte ebenfalls consequent durchgeführt werde. Das angegebene Verfahren den braunen Ueberzug der Wasserpflanzen abzuspülen und in einem flachwandigen Gefässe mehrere Tage in die Morgensonne zu stellen, liefert das nöthige Material zu solchen Beobachtungen; aus diesen Gläsern (3 Zoll hoch, 1½ Zoll breit, 1 Zoll weit), die in der Höhe meines Auges am

Fenster stehen und zum Theil durch einen schwarzen Schirm gegen die gerade durchfallenden Licht-strahlen geschützt sind, kann ich vermittelst einer festgestellten Loupe und in eine feine Spitze aus-gezogener Glasröhre jeden Körper bis etwa $\frac{1}{25}'''$ Grösse innerhalb weniger Minuten unter eine 600fache Vergrösserung bringen. Dennoch müssen die grösseren, mehr wie $\frac{1}{10}'''$ messenden Körper zu den feineren Untersuchungen vorgezogen werden, weil Alles bei ihnen bestimmter und klarer zur Anschauung kommt, und der Beobachter dadurch lernt, worauf bei den kleineren zu achten sein möchte.

Auf diesem Wege sind bei den Euastren und Closterien die oben angeführten Thatsachen ermittelt, namentlich die mehrjährige Dauer, die Art der Queertheilung, die Häutung bei derselben, die rasche Ausbildung der neuen Hälften in 12 Stunden; bei den Closterien die Auskleidung der inneren Fläche des Panzers durch eine dicht mit schwingenden Wimpern besetzte Schicht, das Vorhandensein eines Zellkernes mit Kernkörper und die Bildung neuer Zellen im Innern, welche zu beobachten bei den Euastren die Form und gesättigte Färbung bis jetzt nicht gestattete. Ferner die eigenthümliche Erscheinung, dass einzelne Arten in jeder Grösse vorkommen (Euastrum margaritiferum: Closterium Lunula, Digitus, acerosum etc.) während andere nie in einem jüngeren Zustande gefunden sind (E. Rota, Pecten — Cl. Trabecula, rostratum (?) etc.); bestätigt fernere Untersuchung den Uebergang von E. Crux melitensis in Rota, so wird für Cl. Trabecula folglich noch der entsprechende Jugend-zustand aufzufinden sein: letzteres beobachte ich seit Jahren von einem gelegenen Fundorte, dessen Oberfläche und Bodensatz auf das sorgfältigste bei Untersuchung der Euastra zu allen Jahreszeiten, besonders aber im Frühlinge und Spätherbste und häufig von mir durchgemustert sind, um die ersten Anfänge des E. margaritiferum zu entdecken, und in welchen selten ein nie gesehener Körper vor-kommt, während die beiden Grössen von Cl. Trabecula ziemlich häufig sind — und doch habe ich auch nicht die geringste Vermuthung, in welchem der vorkommenden Organismen der Jugendzustand von Cl. Trabecula zu finden sein möchte! Bevor solche Räthsel nicht gelöst sind, wird über die thierische Natur der Desmidiaceen kein entscheidender Beweis geliefert werden: und doch ist es für die Panzermonaden und Kugelthiere von grosser Wichtigkeit, ob sie durch die Desmidiaceen, wenn letztere Pflanzen sind, den Algen näher gestellt, oder im Fall ihre thierische Natur sich bestätigt, den Bacillarien und Astasieen verwandter werden. — Für die Mehrzahl der Desmidiaceen gilt durch still-schweigende Uebertragung des für einzelne grössere ermittelten Baues, das für die Familie im Ganzen gewonnene physiologische Detail; die rasche Bewegung der feinen schwarzen tanzenden Kügelchen ist eigenthümlich für diese Familie und vielleicht immer durch schwingende Wimpern an der inneren Fläche des Panzers vermittelt. Bei Closterium Digitus Tafel III. Fig. 22 ist die Spitze, wo diese Bewegung zuerst deutlich wird, etwa $\frac{1}{100}'''$ breit, die Wimpern sind nicht einzeln sichtbar; dagegen die bewegte Schicht in einer Breite von etwa $\frac{1}{1200}'''$ zu unterscheiden, welches die Länge der Wim-pern sein würde, deren Breite ebensogut 10 wie 20 mal in der Länge liegen könnte, oder 12,000 bis 24,000 Wimpern auf den Raum einer Pariser Linie geben würde. Bei den grösseren Formen von C. Lunula, wenn die Spitze schon heller geworden und eine langsamere Bewegung der Wimpern eingetreten ist, lassen sich freilich in seltenen für die Beobachtung sehr günstigen Fällen einzelne Wimpern unterscheiden; es giebt aber so kleine Desmidiaceen, dass an eine Constatirung des Vor-kommens der Wimpern bei ihnen — obgleich die kleinen schwarzen Kügelchen in lebhaftester Bewe-gung sind — mit unseren jetzigen optischen Hülfsmitteln gar nicht zu denken ist. — Der Raum auf welchem dieser Frage ihr Recht werden soll ist folglich für wissenschaftlich sichere Ermittelung kaum zugänglich, und doch ist die Frage selbst vielleicht von eingreifender Wichtigkeit!

Denn die Beobachtung ist neu und sehr schwierig; es bedarf nicht allein der sorgsamsten Auf-merksamkeit des Beobachters, sondern auch eines guten Instrumentes, zweckmässiger Beleuchtung und des geeigneten Objectes um die Erscheinung klar und unzweifelhaft hervortreten zu lassen. Dieselbe kann daher noch bei Pflanzen sowohl wie bei Thieren beobachtet werden und würde dann in systema-tischer Hinsicht die Frage unverändert lassen. Da nun vorstehende Untersuchungen zeigen, dass bei diesen Organismen noch gar nicht zu bestimmen ist, welche Formen zusammen unter den Begriff einer **Species** fallen, so ist das räthselhafte dieser Frage um so erklärlicher und nur zwei Wege versprechen zu einer Lösung derselben Mittel an die Hand zu geben: erstens genaue Prüfung der ähnlichsten Organismen auf dieselben Erscheinungen und zweitens consequente Beobachtung derselben Art, von demselben Fundorte, zu allen Jahreszeiten, in der Voraussetzung, dass sich die verschiedenen Entwickelungsstufen oder Keime bei hinreichend sorgfältiger Nachsuchung stets daselbst müssen nachweisen lassen.

Eine solche Untersuchung würde auf alle bisher besprochene Organismen rückwirkend sein, die mit den Desmidiaceen gleichzeitig vorkommen und nachweisen, welche Veränderungen mit dem Wechsel der Jahreszeiten bei ihnen eintreten; dadurch könnten zunächst bestimmte Arten ausgesondert werden, die einen gewissen Cyklus der Lebenserscheinungen — Entstehen, Wachsen, Vermehrung und Absterben — nach Verlauf und Bedingungen beobachten lassen und zu sicherer Anwendung des Schlusses durch Analogie berechtigen: Denn auf letzteren bleibt die Physiologie bei diesen Familien zunächst ausschliesslich angewiesen. Existenz, Grösse, Form, Farbe, Gruppirung und Fundort sind Alles, was von den eigentlichen Monaden und Vibrionen ermittelt werden kann; Rüssel, Augenpunkt, dunklere Drüse und contractile Blase, welche bei Monadinen, Panzermonaden und Kugelthieren oft bestimmt nachzuweisen sind, können ihre physiologische Deutung nur von den grösseren Polygastricis entlehnen, und von den Vermehrungs-Arten gilt für das Wesen derselben offenbar die Vergleichung mit ähnlichen Vorgängen in anderen Familien als Maassstab. So lange nicht wenigstens in genügenden Beispielen gezeigt ist, wie sich jede Gattung und Art scharf begrenzen, bleibt jede Vergleichung unsicher, und wie bei den Euastren und Closterien wird sich auch bei den folgenden Familien in dieser Hinsicht leider noch manche Schwierigkeit zeigen.

Aufgaben, welche die Kräfte des Einzelnen ohne Nutzen für die Wissenschaft erschöpfen würden, können in jetziger Zeit, wo die Zahl der besseren Instrumente und geübten Beobachter alljährlich ansehnlich wächst, um so eher ihrer Lösung entgegengeführt werden, je mehr ihr Einfluss auf die Fortbildung unserer Kenntnisse gewürdigt und je richtiger der Plan zu ihrer Lösung vorgezeichnet ist. Möchte es mir gelungen sein für einen Schritt vorwärts den Weg zu diesem dunkelsten Gebiete mit der dichtesten Bevölkerung gebahnt zu haben!

Erklärung der Abbildungen.

Die drei beigefügten Tafeln, durch Uebereinanderdrucken verschiedener Farben und verschiedener Arten der Lithographie erhalten, sind erste Versuche die natürliche Färbung der Objecte ohne Illumination durch den Pinsel wiederzugeben, so dass alle Abdrücke in jeder Hinsicht gleich sind; die gelungeneren Figuren der zweiten Tafel mögen zeigen, was nach so wenigen Versuchen von dieser Methode künftig erwartet werden kann. Die Zeichnungen zu allen Figuren sind durch den Sömmeringischen Spiegel bei 400facher Vergrösserung gemacht, einige derselben auf der zweiten und dritten Tafel jedoch um Raum zu sparen wieder verkleinert. Zur Beobachtung diente ein grösstes Mikroscop von Schiek in Berlin (seit 1838) mit Reflexionsprisma, woran die stärkeren Linsensysteme von Oberhäuser, Chevalier, Nobert und Anderen angebracht werden konnten, um für jedes Object die günstigsten Bedingungen zu erlangen. Die Beleuchtung geschah durch Tages- oder Lampenlicht und nur zur Belehrung ist bei den dunkelsten Objecten mitunter auch volles oder durch farbige Gläser und Papier gedämpftes Sonnenlicht versucht. Alle abgebildeten Objecte sind in der Umgegend Bremens gefunden. Die angegebene Grösse bezieht sich auf die grössten der beobachteten Exemplare, welche meistens, jedoch nicht immer, abgebildet sind: die Queer- und Längsschnitte wurden immer von demselben Exemplare, neben oder über welchem sie gezeichnet sind, durch Einstellung des Focus auf die breiteste Contour erhalten.

Tafel I.

Bietet eine übersichtliche Zusammenstellung aller Arten der Gattung Euastrum (Ehrenberg) in drei Ansichten — mit Ausnahme von E. Botrytis, welches auf Taf. II. Fig. 18 nachgetragen ist — bei gleicher Vergrösserung:

Fig. 1. E. minutum. *sp. n.* $\frac{1}{120}'''$. — Zeigt in der Mitte jeder Hälfte einen dunkleren Körper, welcher in der Seitenlage nicht hervorragt, oft aber auch nicht zu unterscheiden ist.

Fig. 2. E. ornatum. *Ralfs.* $\frac{1}{90}'''$. — In der Mitte bauchig aufgetrieben; ältere Exemplare zeigen zahlreiche tanzende Körnchen und Tüpfelung des Panzers.

Fig. 3. E. crenatum. *Ralfs.* $\frac{1}{65}'''$. — Zeigt in der Regel einen dunkleren Körper in der Mitte jeder Hälfte, während die entsprechenden Stellen im Längen- und Querschnitt auffallend gerade erscheinen. Die Queertheilung sieht man häufig.

Fig. 4. E. spinosum. *Ralfs* $\frac{1}{50}'''$. — Zeigt oft eine sehr elegant geschweifte Form wie in dem gezeichneten Exemplar die untere, ältere Hälfte. Ein kreisförmiger dunkler Schatten in der Mitte könnte, wie aus den Durchschnitten zu ersehen ist, von der entsprechenden Auftreibung und dadurch bedingten Verdickung der Scheibe herrühren. Die Queertheilung ist Taf. II. Fig. 14, 15 abgebildet, so wie auch eine etwas abweichende Form mit ausgezogenen Spitzen Fig. 16, welche den Speciesnamen veranlasst hat.

Fig. 5. E. ovale. *Ralfs.* $\frac{1}{50}'''$. — Diese Art zeigt den Typus der Euastren, von welchem alle anderen Formen leicht abzuleiten sind; stets schienen mir jedoch sowohl der Panzer wie dessen Inhalt ein unreifes Anseln zu haben, was sich schwer in Worten begründen lässt.

Fig. 6. E. margaritiferum *Turpin.* $\frac{1}{24}'''$. — Ein sehr grosses Exemplar mit einer glashellen bei der Queertheilung sich abhäutenden äusseran Schichte des Panzers, welcher überall getüpfelt erscheint, daher die Kerbung des Randes. Die durchsichtigere Mitte zeigt jenes lebhafte Spiel der tanzenden Körperchen oft in so hohem Grade, dass wer die schwingenden Wimpern in Cl. Lunula gesehen hat auch hier an ihrem Dasein kaum zweifeln kann. — Queertheilung ist auf Taf. II. Fig. 17 und abweichende Formen daselbst Fig. 19 — 21 abgebildet.

(E. Brotrytis *Ehrenbg.* Taf. II. Fig. 18, wäre hier einzuschalten.)

Fig. 7. E. gemmatum *Meneghini.* $\frac{1}{60}'''$. — Die Dicke macht diese durch ihre Form ausgezeichnete Art so undurchsichtig, dass im Innern nichts zu erkennen ist. Queertheilung wurde beobachtet.

Fig. 8. E. ansatum *Ehrenberg.* $\frac{1}{45}'''$. — Diese Art zeigte sich häufig von ähnlichem Ansehn wie E. ovale und die Umrisse sind bald ganzrandig, bald leicht ausgebuchtet wie in der Zeichnung; bei sorgfältiger Vergleichung mit Fig. 9 findet sich jedoch im Queerschnitt E. ansatum in der Mitte flacher und im Längsschnitte an beiden Enden spitzer, worauf jedoch bevorstehende Queertheilung bei der folgenden Art von Einfluss gewesen sein könnte.

Fig. 9. E. ditelta. *Turpin.* $\frac{1}{27}'''$. — Die Verschiedenheit beider Hälften deutet hier viel bestimmter auf eine vorhergegangene Queertheilung hin, besonders im Längsdurchschnitt, wo aber durch Znfall die ältere Hälfte nach oben gerichtet ist, die in der Hauptfigur nach unten sieht. Der Inhalt des Panzers ist ziemlich gleichmässig grün gefärbt und sehr undurchsichtig. Die Form erhellt noch deutlicher aus der leeren Hälfte Taf. II. Fig. 24.

Fig. 10. E. Pecten. *Ehrenberg.* $\frac{1}{12}'''$. — Auch hier zeigt aufmerksame Vergleichung bei der unteren Hälfte die Ausbuchtungen etwas tiefer, die Ränder der tieferen Einschnitte mehr parallel wie in der oberen. Die Färbung ist hier nicht so lebhaft und die Schatten in derselben minder bestimmt, wie bei dieser Art in der Regel gefunden wird; früher glaubte ich dem Alter des grossen Exemplares solche Färbung zuschreiben zu dürfen, fand sie aber später auch bei kleineren und vermuthe, dass solche Euastren zufällig vorher trocken geworden sind und später wieder ins Wasser gelangten. Zur Vergleichung diene Taf. II. Fig. 8 und 9.

Fig. 11. E. verrucosum. *Ehrenberg.* $\frac{1}{25}'''$. — Die ganze Oberfläche des Panzers ist getüpfelt, wie bei E. margaritiferum und Taf. II. Fig. 23 deutlicher zu sehen ist. Bei dieser Art findet sich der grösste Contrast in der Färbung verschiedener Exemplare, indem bei den blasseren nur eine hellgrüne Schicht dicht unter dem Panzer zu liegen scheint, daher trotz der Dicke dieser Sternscheiben die lebhafte Bewegung der tanzenden Körperchen gut beobachtet werden kann; andere sind ganz undurchsichtig. Queertheilung und leere Hälfte sind Taf. II. Fig. 12, 13 und 23 abgebildet.

Fig. 12. E. bifidum. *sp. n.* $\frac{1}{40}'''$. — Diese Species eröffnet eine neue Reihe von Euastren, welche sich durch tiefere Einschnitte und spitze Randzähne von den bisher erwähnten, deren Ausbuchtungen stets abgerundet sind, unterscheiden. Die leere Hälfte findet man Taf. II. Fig. 22.

Fig. 13. E. Crux melitensis. *Ehrenberg.* $\frac{1}{15}'''$. — Die obere ältere Hälfte unterscheidet sich in den seitlichen Lappen hinreichend von der jüngeren unteren durch spitzere Randzähne und tiefere Einschnitte, was auf vorhergegangene Queertheilung zu deuten scheint. Die zierliche Form der Umrisse bewahrt sich auch in den Durchschnitten und sollte auf eine vollkommene Entwickelung schliessen lassen, die durch andere Uebergänge doch unwahrscheinlicher wird.

Fig. 14. E. Scutum. *sp. n.* $\frac{1}{22}'''$. — Hier ist die untere Hälfte die ältere, was bei dieser Art am leichtesten durch die Eckzähne des mittleren Lappens angedeutet wird, welche sich zuletzt ausbilden. Die grüne Färbung tritt in zapfenartigen Vorsprüngen gegen die mittlere Verbindung in den ungefärbten Theil hinein, wie bei den folgenden Arten und vielen Closterien. In der Regel sind die beiden Hälften nur an der Berührungsstelle verbunden, zuweilen zeigt sich jedoch hier wie eine grössere Strecke zwischen den parallelen Rändern beider Hälften durch eine farblose Haut verwachsen, welche sich vermuthlich bei der Häutung hier abgesetzt hat und zwischen den nahe zusammenliegenden Hälften sich nicht herauslösen konnte. — Queertheilung und leere Hälfte finden sich Taf. II. Fig. 10. 11. 26.

Fig. 15. E. Rota. *Ehrenberg.* $\frac{1}{8}'''$. — Eines der grössten und schönsten Exemplare, das mir überhaupt vorgekommen ist, mit sehr gleich entwickelten Hälften; die obere, etwas grössere zeigt jedoch mehr Randzähne und tiefere Einbuchtungen des mittleren Lappens und ist daher die ältere. Die helleren Kreise am Grunde der Läppchen sind so dargestellt, wie sie bei etwas zu hoch gestellten Linsen durch optische Täuschung erscheinen und die sie umgebende Schattirung deutet die Stellen an, welche bei Anwendung von Jod und Schwefelsäure blau werden. Das Nähere folgt bei Fig. 1 — 7 der zweiten Tafel.

Fig. 16. E. apiculatum. *Ehrenberg.* $\frac{1}{10}'''$. — Die Spitzen auf den Randzähnen, welche Ehrenberg über den ganzen Panzer verbreitet sah, und eine etwas abweichende Form und Theilung des Randes bedingen den Unterschied von E. Rota; auch liessen sich an den Queerschnitte der drei mittleren Auftreibungen nicht nachweisen. Die grüne Färbung hat sich hier weiter vom Rande zurückgezogen und lässt in dem farblosen Körper zahlreiche Kügelchen wahrnehmen, was auf beginnendes Absterben deutet und auch bei den anderen Arten vorkommt.

14. Scutum

15. Rota

11. verrucosum

9. didelta

10. Pecten

13. Crux melitensis

16. spirulatum

6. margaritiferum

12. bifidum

7. gemmatum

4. oculatum

3. ansatum

1. minutum

2. ornatum

3. crenatum

4. spinosum

Tafel II.

Bietet eine Darstellung des bei der Gattung Euastrum beobachteten physiologischen Details und ist in der Ausführung unter den vorliegenden als die gelungenste zu bezeichnen; namentlich lassen die Figuren 6, 7, 9, 12 weniger zu wünschen übrig. Auch hier sind alle Abbildungen bei 400facher Vergrösserung durch den Sömmeringischen Spiegel bis in's kleinste Detail gezeichnet, so dass selbst kleinere Kreise von $\frac{1}{2}'''$ Durchmesser in der Zeichnung, wenn auch nicht genau in entsprechender Grösse, doch auf der richtigen Stelle angedeutet sind; nur die Figuren 5, 10 und 11 wurden um Raum zu sparen wieder um die Hälfte verkleinert.

Tafel II.

Fig. 1 - 7. Euastrum Rota.

Fig. 1. Doppelexemplar nach vollendeter Queertheilung. Die obere ältere Hälfte ist kleiner wie die neu erzeugte jüngere, auf jeder der älteren Hälften sind 10 dunklere Kreise regelmässig vertheilt, welche den conischen Hervorragungen auf der Fläche der Sternscheibe entsprechen und den jüngeren fehlen. Zu beiden Seiten der mittleren Verbindungsstelle tragen ausserdem die älteren Hälften sehr dunkle eigenthümlich geformte Auftreibungen, unter welchen sich die Masse für neu zu erzeugende Hälften anzusammeln scheint und die den beiden seitlichen Auftreibungen des Querschnitts von Fig. 15 Taf. I. entsprechen.

Fig. 2. Ein grösseres vollkommen ausgebildetes Exemplar in der Seitenlage bei 600facher Vergrösserung dessen verschiedene Durchschnitte, so weit es der Lichtverlust gestattete, bei verschieden eingestelltem Focus übereinander gezeichnet sind. Bei diesem Verfahren ist also zum Beispiel der grösste Umriss zuerst gezeichnet, wobei die übrigen Contouren, weil sie nicht im Focus waren, gar nicht gesehen wurden; dann erhielt ich durch vorsichtiges Senken des Objecttisches vermittelst der Mikrometerschraube die zweiten Umrisse, während die ersten verschwanden, und so weiter: da jedoch die Randzähne in dieser Lage gerade über dem dunkelsten Theile in der Mitte standen, so konnten sie natürlich nicht erkannt werden. In der unteren Hälfte nahe der Mitte bei a. a. finden sich zwei hellere scharf umschriebene Stellen, entweder durch die Verkürzung in der ähnliche Auftreibungen, wie in Fig. 1 auf den älteren Hälften liegen, erscheinen bedingt, oder Kugeln im farblosen Inhalte des Panzers wie in Fig. 6 im mittleren Lappen der unteren Hälfte und Fig 13 bei a. a.

Fig. 3. Eine solche Seitenlage von der in Fig. 4 abgebildeten halbvollendeten Queertheilung, um sowohl den Unterschied der beiden älteren Hälften, als auch die noch ganz glatten Flächen der neuerzeugten zu zeigen. Die grosse Schwierigkeit einen solchen Körper genau in dieser Lage zu halten hinderte mich die Zeichnung so genau auszuführen wie die vorige.

Fig. 4. Dasselbe Exemplar flach aufliegend in halbvollendeter Queertheilung um 11 Uhr Vormittags gezeichnet.

Fig. 5. Das früheste Stadium der Queertheilung, welches ich aufgefunden habe, um 7 Uhr Morgens gezeichnet. Beide erreichten noch an demselben Tage die Ausbildung von Fig. 1. — Fig. 5 ist um die Hälfte wieder verkleinert, also etwa 200fach vergrössert. Bei der Aufbewahrung in Chlorcalcium schrumpften die neuen Hälften sehr zusammen, während die älteren ihre Form vollkommen behielten.

Fig. 6. Ein Exemplar, welches sich in einem Stadium der Queertheilung, das etwas weiter vorgerückt war wie in Fig. 4, bereits abgelöst hatte, und daher noch ungleiche Hälften zeigt, zwischen welchen jedoch schon die Mitte farblos geworden ist. In beiden Hälften bewegten sich die kleinen schwärzlichen Kugeln sehr lebhaft.

Fig. 7. Ein vollkommen entwickeltes Exemplar von sehr blasser Färbung (vermuthlich nach kurz vorher gegangener Queertheilung) worin die Anordnung der inneren Kugeln und Körner ganz genau nachgezeichnet ist; die kleinsten in der Zeichnung etwa ⅓‴ messenden Körnchen bewegten sich lebhaft, die grösseren Kugeln, etwa 1‴ in der Zeichnung gross, ruhen stets: auch das Ansehen beider Arten ist in der Natur viel ungleicher wie es auf der Tafel werden musste.

Fig. 8 und 9. Euastrum Pecten, dasselbe Exemplar in verschiedener Lage mit genauester Darstellung der Anordnung des Inhaltes. Auch hier waren die kleinsten Körnchen in lebhaftester Bewegung und ausserdem flimmerte über Fig. 9 in ihrer ganzen Ausdehnung ein Schimmer, der unverkennbar von schwingenden sehr feinen und dicht gestellten Wimpern herrührte, welche die Undurchsichtigkeit und die Schnelligkeit der Bewegung nur nicht einzeln unterscheiden liess.

Fig. 10 und 11. Eustram Scutum auf die Hälfte verkleinert (200fach). Fig. 10 mit ganz, Fig. 11 mit halbvollendeter Queertheilung. Aus einer Vergleichung der Fig. 11 mit Fig. 4 und 5 ergiebt sich auf das Bestimmteste, dass E. Scutum nicht der jüngere Zustand von von E. Rota sein kann.

Fig. 12 und 13. Euastrum verrucosum, 400fach vergrössert in vollendeter und eben begonnener Queertheilung. In Fig. 13 bei a. a. zwei grössere Kugeln, welche das Licht eigenthümlich brechen; leider kommen dieselben in ungefärbten Theilen so selten vor, dass ich weder durch Jodine noch durch polarisirtes Licht eine Prüfung derselben versuchen konnte.

Fig 14 bis 16. Euastrum spinosum. Fig. 14 und 15 die vollendete Queertheilung in verschiedener Lage, Fig. 14 Längendurchschnitt der häufigsten Form dieser Sternscheibe; zuweilen wachsen die Ecken in feine Spitzen aus wie in Fig. 16, was zu der Benennung Veranlassung gegeben hat.

Fig. 17. Euastrum margaritiferum, Doppelexemplar in vollendeter Queertheilung 400fach vergrössert, also ein viel kleineres Exemplar wie Fig. 6 Taf. I., woran ich früher nie eine sich ablösende Haut bemerkte; neuere Beobachtungen lassen jedoch vermuthen, dass nur die Durchsichtigkeit derselben sie bisher übersehen liess.

Fig. 18. Euastrum Botrytis, bei Anfertigung der Tafel von mir noch für eine Varietät von E. margaritiferum gehalten, später aber besonders durch zwei kleine Hervorragungen in der Nähe der Mitte, welche im Längsschnitte sichtbar werden, als besondere Art bestätigt. Im Uebrigen sind Queer- und Längenschnitt so wie die Queertheilung ganz ähnlich, wie bei E. verrucosum, womit es immer zugleich beobachtet wurde.

Fig. 19 bis 21. Einige der abweichendsten Formen von E. margaritiferum, wie solche einzeln und mit deutlichen Uebergängen dazwischen gefunden werden. Fig. 20 und 21 sind vermuthlich ein oder mehrere Jahre älter wie Fig. 19.

Fig. 22 bis 26. Leere Panzerhälften verschiedener Sternscheiben.

1 _ 7. Rota

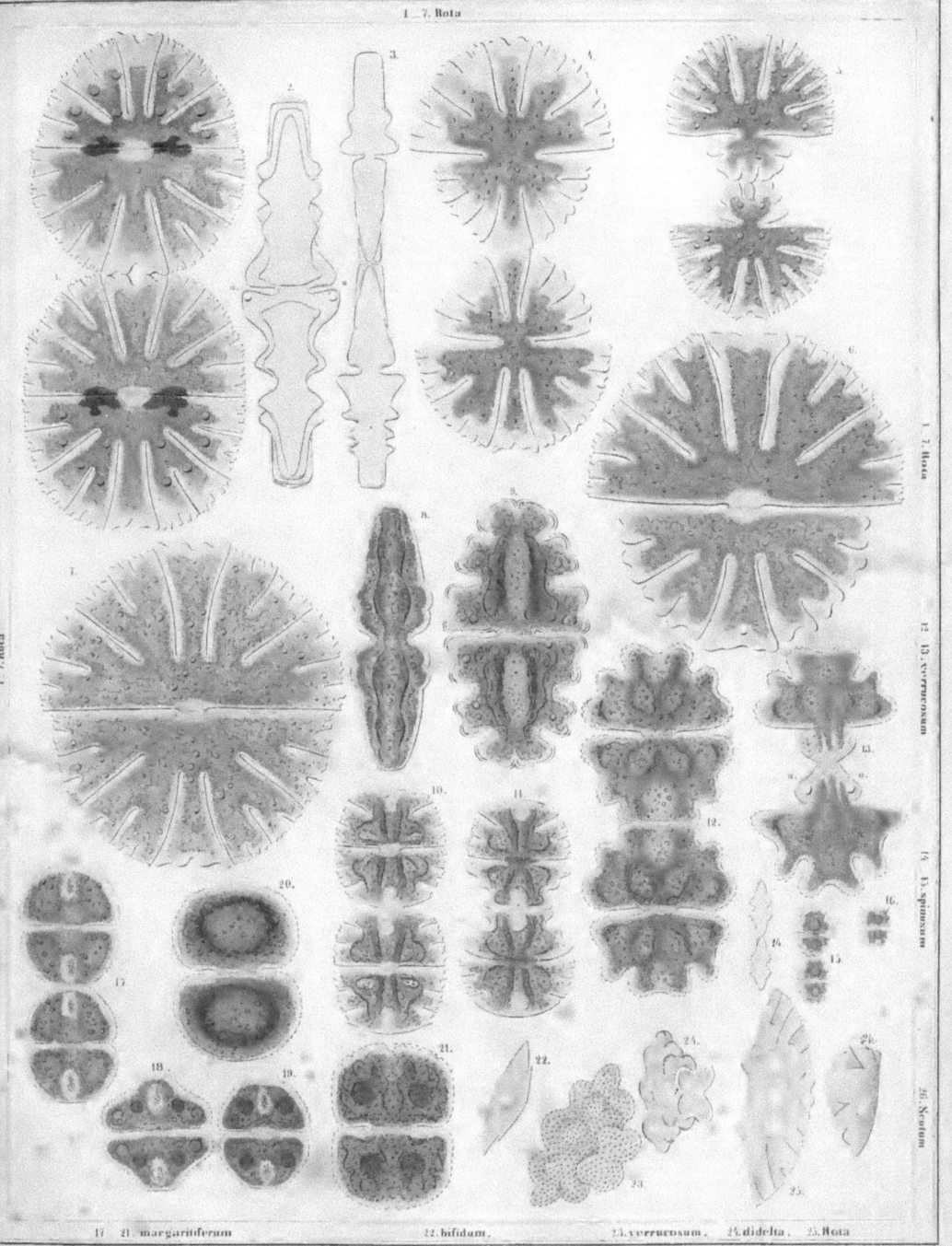

Tafel III.

Bei der nicht zu überwindenden Schwierigkeit, dass eine sichere Begrenzung der Species für die Gattung Closterium noch nicht durchzuführen ist, sind auf der dritten Tafel vorläufig diese Schwierigkeiten und das physiologische Detail an den grössten und häufigeren Arten versinnlicht. Während einer kurzen Abwesenheit des Verfassers sind einige Figuren dieser Tafel minder gut ausgeführt und in der Bezeichnung Fehler unberichtigt geblieben, deren nachstehende Verbesserung zu beachten gebeten wird; die Figuren 9, 21, 27 und 34 — 36 sind bei schwächerer Vergrösserung gezeichnet, alle anderen 400fach vergrössert. Da alle Closterien stielrund sind, so ist ihre Gestalt in jeder Lage zu erkennen und Queer- oder Längsdurchschnitte ganz überflüssig. —

Tafel III.

Berichtigung: Die grösste mittlere Figur zu C. Lunula gehörig ist nicht Fig. 18, sondern Fig. 13; die unter Fig. 11 in der linken unteren Ecke der Tafel gezeichnete Abbildung von C. Digitus ist Fig. 22; die unter Fig. 35 zwischen Fig. 32 und 33 in verkleinertem Maassstabe angedeutete Copulation von C. rostratum ist Fig. 34.

Fig. 1 — 15. *Closterium Lunula.* (*Nitzsch.*)

Fig. 1, 2 und 3 sind die kleinsten Exemplare in den drei verschiedenen Lagen, welche sie durch ihre Bewegung während der Beobachtung anzunehmen pflegen, durch wiederholte Theilungen oder neue Erzeugung aus unbekannten Keimen finden sich diese Formen während eines längeren Zeitraumes (Jahres) an demselben Fundorte in derselben Grösse vor; mit ihnen viele leere Panzer, welche in vier gleiche Theile zerfallen.

Fig. 4. Ein grösseres Exemplar, wie sie unter den vorigen, jedoch ungleich seltener vorkommen.

Fig. 5. Ein noch grösseres mit Vorbereitung zur Queertheilung, welche sich durch leichte Einkerbung des grünen Inhaltes, etwa ⅓ der Länge jedes Hornes von der Mitte entfernt, andeutet.

Fig. 6. Ein Exemplar in der Queertheilung begriffen.

Fig. 7. Ein grösseres kurz nach erfolgter Trennung durch Queertheilung; in diesem Zustande ist die Färbung stets heller, wie vor der Theilung.

Fig. 8. Ein Exemplar in Längstheilung begriffen, wie mir nur äusserst selten zu beobachten vergönnt war.

Fig. 9. Eine eigenthümliche leider noch seltener beobachtete Form der Queertheilung (auf ⅓ der bei 400facher Vergrösserung gemachten Zeichnung verkleinert), wo die äussere Haut die Spitzen der jüngeren Hälften in fortlaufender Linie überzieht und die Theilung ähnlich wie bei Euastrum vor sich gegangen sein muss. Bei diesen Theilungen findet zugleich eine Häutung statt, indem die äussere Schicht sich gleichförmig in Wasser aufbläht, dabei sehr durchsichtig und allmählig aufgelöst wird.

Fig. 10. Ein grösseres (mehrjähriges?) Exemplar, welches zur Queertheilung durch Abscheidung des Inhalts in 4 Kammern vorbereitet ist. — Solche Zustände, wie sie Fig. 5, 7 und 10 darstellen, kommen ungleich häufiger vor, wie die in Fig. 6 und 8 gezeichnete wirkliche Theilung, woraus sich schliessen lässt, dass für letztere ein sehr kurzer Zeitraum genügen muss.

Fig. 11. Exemplare in dieser Grösse und Form sind am leichtesten zu finden und daher am häufigsten abgebildet; gewöhnlich ist ihre Färbung und die Anordnung des Inhalts ähnlich wie in Fig. 28 bei C. acerosum angedeutet ist. Hier hat sich die mittlere durchsichtige Queerbinde auffallend verbreitert und lässt etwas über die Mitte einen blassen Zellenkern mit grossem Kernkörper durchscheinen; die Wandung ist mit einem weiten Netze sehr feiner Faden (den Wandungen neu gebildeter Zellen?) bekleidet. In den beiden Hörnern ist die mittlere Parthie der grünen Färbung auffallend dunkler und enthält zahlreiche unregelmässig gelagerte bald heller bald dunkler erscheinende grössere Kugeln von verschiedenem Durchmesser; in den beiden Spitzen sind runde Blasen mit tanzenden Kügelchen, welche letztere auch in dem helleren Saume zu beiden Seiten der Hörner in dem grünen Theile unterschieden werden.

Fig. 12. Ein etwas kleineres aber in der Entwickelung, wie es scheint, weiter vorgerücktes Exemplar. In der farblosen Mitte liegt rechts ein Zellenkern mit Kernkörper, links ein kleinerer dunklerer Kern; der Inhalt jedes Hornes hat sich mit einer besonderen Haut umgeben, ist viel heller und feinkörniger geworden und zeigt in der Mittellinie hellere Zellen von verschiedener Grösse mit 1 - 2 dunklen Kernen, die blassgrün erscheinen, soweit sie die zur Seite gedrängte gefärbte Substanz des Inhaltes umgiebt, während an jedem Ende und gegen die Mitte jederseits noch ein kleiner Raum ungefärbt bleibt. Die Blasen in den Spitzen haben sich sehr ausgedehnt und die Form des Panzers angenommen; die Zahl der tanzenden Kügelchen in denselben ist sehr vermindert.

Fig. 13. Die mittlere grösste Figur dieser Tafel (irrig 18 bezeichnet) stellt diejenige Entwickelungsstufe des C. Lunula vor, welche im Schlamm der Gewässer versteckt selten der Beobachtung zugänglich wird und jedenfalls mehr- (4) jährig sein muss. Die Anordnung des Inhalts dürfte aus den vorigen Figuren sich zum grossen Theile von selbst erklären und nur die wellenförmige Ausrandung der grünen Färbung gegen die seitliche Contour ist als Wirkung der schwingenden Wimpern hervorzuheben. Letztere sind so fein, dass es misslich bleibt eine naturgetreue Darstellung davon zu geben, daher dieselben durch eine sehr feine, von der inneren Gränze des Panzers gegen die Längsachse gerichtete, Schraffirung, zu deren Erkennen bei manchen Abdrücken die Lupe dienlich sein wird, angedeutet sind. Die bekannte Erscheinung, dass gewisse Wimperpartien nach demselben Rythmus schwingen, entspricht hier jedesmal einer der wellenförmigen Auszackungen der grünen Färbung. In dem gezeichneten Exemplare lag wahrscheinlich oberhalb der Mitte ein nicht erkannter Zellenkern, wie die leichte Einbuchtung der grünen Färbung an der entsprechenden Stelle andeutet.

Fig. 14. Ein etwas kleineres Exemplar von derselben Form wie Fig. 13, worin sich die grüne Färbung verloren, der farblose Körper dagegen um kuglige Bildungen (Eier oder Sporen?) zusammengezogen hat, die aus den in Fig. 12 sich bildenden neuen Zellen entstanden sein können. Der Umstand dass im ersten Frühlinge mehrfach dieser Zustand beobachtet worden und zu anderen Jahreszeiten mir nicht vorgekommen ist, möchte eine solche Deutung rechtfertigen; zur genauen Prüfung eines einzelnen dieser Körper auf die Bestandtheile des thierischen Eies bot sich mir leider keine ausreichende Gelegenheit dar.

Fig. 15. Zwischen den stärker gebogenen Formen wie Fig. 4 und 5 bis zu den geraderen wie Fig. 13 finden sich mannigfache Uebergänge, die offenbar nicht zu Cl. acerosum gehören. Fig. 15 zeigt etwa die äusserste Grenze der längeren und geraderen Formen, die noch zu Cl. Lunula gerechnet werden könnten, wenn nicht überhaupt noch eine ähnliche Form als besondere Species abgetrennt werden muss. —

Fig. 16. ***Cl. Dianae. Ehrenberg.*** 1/7'''. — Die schlankere Form, die kleineren Blasen in den Spitzen mit einem centrisch gelagerten Kügelchen und die eigenthümliche Zurundung der Spitzen unterscheiden diese Form von den ähnlichen bestimmt; oft sind die Spitzen röthlich. —

Fig. 17 - 21. ***Cl. Trabecula. Ehrenberg.*** 1/4'''. —

Fig. 17. Doppelexemplar mit Häutung der jüngeren Hälften.

Fig. 18. Ein Exemplar der kleineren Form, welches vor beendeter Theilung sich abgelöst hat. Die jüngere obere, anfangs kuglige Hälfte beginnt erst sich zu dehnen und zeigt in der Spitze eine Blase mit tanzenden Körperchen. Die Spitze der älteren unteren Hälfte erscheint getüpfelt.

Fig. 19. Doppelexemplar mit Häutung der älteren Hälften durch allmählige Auflösung der schleimigen Hülle.

Fig. 20. Eines der grösseren Exemplare mit genauer Darstellung der Form und der Anordnung des Inhalts.

Fig. 21. Eine Missgeburt deren beide Hälften schief gebogen sind.

Fig. 22 - 27. ***Cl. Digitus. Ehrenberg..*** 1/8'''. —

Fig. 22 Grösseres Exemplar in völliger Entwickelung. Dunkle Längsstreifen in krause Falten gelegt verdecken hier den ganzen inneren Bau und selbst die Blasen in den Spitzen.

Fig. 23. Ein Exemplar bald nach der Theilung, aus Fig. 27, in 4 Kammern abgetheilt. Die dunkelen Längsstreifen sind noch klar und schlicht, die grossen Blasen in den Spitzen führen nur ein centrales Körperchen, mit sehr langsamer Bewegung.

Fig. 24. Die jüngste und kleinste Form dieser Species, welche ich gefunden, ebenfalls 400fach vergrössert. Diese wächst vermuthlich zu den Formen 25 und 26 heran ehe eine Queertheilung stattfindet, daher

Fig. 25 eine andere Anordnung des Inhaltes wahrnehmen lässt

Fig. 26 zeigt diese deutlicher: Oberhalb der Mitte liegt ein grosser Zellenkern, die Blasen in den Spitzen sind leer, die dunkelen Längsstreifen liegen dicht an einander neben der Längsachse und einer derselben ragt mit einer aufwärts gebogenen Spitze über die mittlere helle Queerbinde vor.

Fig. 27. Eine durch Auflösung der äusseren Haut entstandene Blase, welche 8 durch Queertheilung entstandene Exemplare umschliesst bei 80facher Vergrösserung. Eins derselben ist in Fig. 23 bei 400facher Vergrösserung abgebildet.

Fig. 28. Cl. acerosum. ***Schrank.*** 1/6'''. —

Fig. 29. Cl. Libellula *sp n.* 1/8'''. —

Fig. 30. Cl. Ulna. *sp. n.* 1/8'''. —

Fig. 31. Cl. Ensis. *sp n.* 1/7'''. —

Fig. 32. Cl. setaceum. ***Ehrenberg.*** 1/6'''. —

Fig. 33 - 36. ***Cl. rostratum. Ehrenberg.*** 1/4'''. —

Fig. 33. Ein sehr grosses Exemplar, dessen Panzer in zwei gebogene Spitzen verlängert ist, während die hier ovalen Blasen am Ende der grünen Färbung liegen. In der Längsachse zieht sich ein dunklerer Streifen hin, der in der Mitte unterbrochen ist, wo in der rundlichen Aushölung desselben in der oberen Hälfte der Zellenkern liegt. Grössere dunkle grüne Kugeln sind unregelmässig vertheilt.

Fig. 34. Die beginnende Copulation in schwächerer Vergrösserung mit oben convergirenden Spitzen.

Fig. 35. Dieselbe weiter vorgerückt mit beiderseits divergirenden Spitzen.

Fig. 36. Dieselbe nach der Bildung des neuen Keimes als eines dunklen grünen Körpers in der Verbindungsstelle beider Closterien, welcher sich mit einer eigenen Haut umgeben hat.

28. acerosum. 29. Libellula. 30. Ulna. 31. Ensis. 32. setaceum.